# 중일전쟁과 식민지 조선의 전쟁동원

지나사변 총후미담 조선반도 국민 적성(赤誠)

# 중일전쟁과 식민지 조선의 전쟁동원

지나사변 총후미담 조선반도 국민 적성(赤誠)

초판 인쇄 2016년 6월 17일
초판 발행 2016년 6월 24일

저 자 후카자와(深澤) 부대 본부
역 자 김효순·송혜경
펴낸이 이대현
편 집 권분옥
펴낸곳 도서출판 역락
주 소 서울시 서초구 동광로 46길 6-6 문창빌딩 2층
전 화 02-3409-2060(편집부), 2058(영업부)
팩 스 02-3409-2059
등 록 1999년 4월 19일 제303-2002-000014호
이메일 youkrack@hanmail.net

정 가 20,000원
ISBN 979-11-5686-331-1 93830


* 이 도서의 국립중앙도서관 출판예정도서목록(CIP)은 서지정보유통지원시스템 홈페이지(http://seoji.nl.go.kr)와 국가자료공동목록시스템(http://www.nl.go.kr/kolisnet)에서 이용하실 수 있습니다.(CIP제어번호: CIP2016015210)

이 저서는 2007년 정부(교육과학기술부)의 재원으로 한국연구재단의 지원을 받아 수행된 연구임(NRF-2007-362-A00019).

# 중일전쟁과 식민지 조선의 전쟁동원

## 지나사변 총후미담 조선반도 국민 적성(赤誠)

후카자와(深澤) 부대 본부 조사
김효순·송혜경 역

역락

# 역자 서문

본서는 1938년 10월 후카자와(深澤) 부대가 조사하고 군사기록 편찬회 경성지국에서 간행한 『지나사변 총후미담 조선반도 국민 적성(支那事變銃後美談朝鮮半島國民赤誠)』을 번역한 것이다.

일본 제국은 1910년 한일강제병합 이후 식민정책을 원활하게 수행하기 위해 내선일체를 강조하며 동화정책을 취하는 반면 정치, 경제, 교육 등 현실적으로는 식민종주국으로서 조선인에 대한 차별정책을 유지하는 모순된 태도를 보였다. 즉 일본 제국이 대외적 전쟁을 수행함에 있어 조선의 물자와 인력을 동원하기 위해서는 조선인이 일본인과 마찬가지로 천황의 신민임을 인정하고 신뢰해야 했지만, 제도적으로는 여전히 차별정책을 취하고 있었고 일본인들은 식민종주국 국민으로서 조선인들에 대한 우월감과 불신감을 품고 있었다.

이러한 식민정책의 실현과 전쟁동원을 위한 동화정책과 제도적, 현실적으로 존재하는 차별의식의 충돌을 단적으로 보여주는 것이 조선인에 대한 군사제도라 할 수 있다. 주지하는 바와 같이 일본 제국은 중일전쟁과 태평양전쟁에 돌입하면서 국가총동원법을 발효(1938. 5)하여 총동원제체에 돌입한다. 이러한 위기의식 속에서 총독부 권력은 한국인의 '황민화(皇民化)'를 촉진하기 위해 1939년 11월 제령 제19호로 '조선민사령(朝鮮民事令)'을 개정하여 한민족 고유의 성명제를 폐지하고 일본식 씨명제(氏名制)를 강요하는 창씨개명을 실시한다. 이때 일본은 병력의 보충을 절감하고 있음에도 불구하고 조선민족을 병력으로 동원하는 정책은 취하지 않는 모순된 태도를 취한다. 이에 태평양전쟁이 발발하자 더 이상 병력부족을 견디지 못하고 조선인 징병제(1942. 5)를 발표한다. 그러나 실상 태평양전쟁 발발과 조선인 징병제 실시 이전인 1937년 7월 중일전쟁이 발발하자, 일제는 곧바로 1938년 2월 〈조선지원병제도〉를 마련했다. 이 지원병제도는 1938년 2월 22일 공포된 칙령 제95호 '육군특별지원병령'에 의해 4월 3일 '진무천황(神武天皇祭)의 가절(佳節)을 맞아' 전격 시행된다. 이러한 상황을 고려할 때 1938년 10월 간행된『지나사변 총후미담 조선반도 국민 적성(赤誠)』은 중일전쟁이 발발한 직후 후카자와 부대 본부가 직접 조사하여 발굴한 기록으로, 조선인 지원병제도를 어떻게 선전하여 일반인들의 전쟁협력을 독려했는지, 또 이에 대해 조선에 거주하는 일본인들과 조선인들은 어떻게 반응했는지를 파악할 수 있는 중요한 자료이다.

제국 일본이 식민지 조선에서의 전쟁동원을 지원병이라는 제도적인 장치를 통해서 이루어 내고자 함에 있어, 미담의 발굴과 유통은 이들 모순된 정책과 태도에서 오는 딜레마를 극복하고 일반인들의 전쟁시국 인식을 전환시켜 전쟁동원을 원활하게 하기 위한 방법이었다. 당시 조선의 인력과 물자를 효과적으로 전쟁에 동원하기 위해 전쟁 관련 미담이 다수 발굴되어 일반에게 소개되었고 이를 통하여 일본인뿐만 아니라 조선인도 '국민'으로 소환되어 전쟁에 동원되었다. 이와 같은 전쟁관련 미담은 만주사변(1931)과 중일전쟁(1937), 태평양전쟁 발발(1941) 후에 신문이나 잡지를 통해서 소개됨은 물론이고 각종 군사관련 기관이 주체가 되어 단행본 형태로 발굴, 소개되었다. 예를 들어 만주사변 직후에는 구라타 시게하치(倉田重八)의 『사실미담 총후의 여성(事實美談 銃後の女性)』(單事教育社, 1932), 해군성(海軍省) 편 『시국 관계 미담집(時局關係美談集)』(東京 : 海軍省, 1932), 조선헌병대사령부의 『조선인 독행 미담집(朝鮮の人の篤行美談集)』(제1집, 제2집, 1933) 등이 간행되었고, 중일전쟁 직후에는 기무라 데이지로(木村定次郎) 편 『지나사변 충용보국미담(支那事變 忠勇報國美談)』(東京 : 龍文舍, 1937), 국민정신총동원중앙연맹 편 『총후가정미담(銃後家庭美談)』 제1집(東京 : 國民精神總動員中央聯盟, 1938), 후카자와 부대 조사 『지나사변 총후미담 조선반도 국민 적성(赤誠)』(군사기록 편찬회 경성지국, 1938. 10), 『총후 미담집(銃後美談集)』(每日申報社, 1938. 2), 대일본웅변회의 『생각하라! 그리고 위대해져라 : 자신을 위해, 가정을 위해, 국가를 위해, 미담 일화, 명언, 교훈(考へよ!そして偉くなれ : 身の爲, 家の爲, 國の爲, 美談, 逸話, 名言, 訓言)』(東京 : 講談社, 1939), 김옥경(金玉瓊)의 『模範婦人紹介 : 農夫의 안해의 意志 林炳德氏의 苦鬪美談』(朝鮮金融聯合會, 1939. 8), 고타키 준(小瀧淳)의 『일본정신 수양미담(日本精神 修養美談)』(文友堂書店, 1939), 『美譚, 南總督과 少年』

(每日申報社, 1939. 11), 신정언(申鼎言)의 『현모미담-참마장(賢母美談-斬馬場)』(朝鮮日報社出版部, 1939. 12), 『반도의 총후진(半島の銃後陣)』(조선군사후원연맹, 1940. 4) 등 일본과 조선에서 미담이 봇물처럼 쏟아져 나왔다. 또한 태평양 전쟁 발발 전후에는 일본적십자사 편 『지나사변 구호원 미담(支那事變 救護員美談)』(日本赤十字社, 1941), 아베 리유(安倍李雄)의 『총후미담 가보 히노마루(銃後美談 家寶の日の丸)』(大日本雄辯會講談社, 1941), 『노몬한 미담집(「ノモンハン」美談錄)』(忠靈顯彰會, 1942), 미타케 슈타로(三宅周太郎)의 『연극 미담(演劇美談)』(協力, 1942) 등이 간행되었다. 이상과 같은 전쟁미담은 일본 국민뿐만 아니라 피식민인 조선인들을 대상으로 하는 일본 제국의 전쟁동원의 양상을 드러내고 있어, 식민지 시기 일제의 전쟁동원 정책의 실상을 파악하는 데 중요한 자료라 할 수 있다.

본서 『지나사변 총후미담 조선반도 국민 적성』은 미담 소개에 앞서 〈조선지원병제도의 달성〉이라는 글을 게재하고 '사변 발발 후 나날이 심각해지고 있는 조선지원병 문제의 강화는 마침내 전 국민을 감동하게 했다. 더 나아가 황송하게도 성상폐하께서 마음 깊이 감격하시어 마침내 1938년 2월 23일 관보로 공포제정을 보기에 이르렀다. 그리고 드디어 4월 3일 진무천황제(神武天皇祭)라는 길일을 잡아 실시하기로 결정한 것은 조선의 일반민중으로서 거듭 축하할 일이다'라고 하여 지원병 제도의 실시 경위를 소개하고 있다. 다음으로는 〈육군특별지원병령〉 전문을 그대로 싣고 있으며 뒤를 이어 '조선인에게 적용되는 육군지원병제도는 그 후 관계기관에서 심의 중이었는데, 마침내 재가를 거쳐 칙령으로 금일 공포되기에 이른 것은 국가를 위해 경축해 마지않을 일이다'라는 〈미나미 조선총독의 성명〉을 실어 지원병제도 실시의 기쁨을 전하고 있다. 또한 1942년 조선총독으로 부임, 전쟁수행을 위한 징용·징병·공출 등 수탈정책을 강행하여 패전과 동시에 1급 전쟁범죄자로 종신형을 선고받고 복역 중 사망한 고이소 구니아키(小磯國昭, 1880. 3. 22~1950. 11. 3)가 〈고이소 조선군사령관의 성명〉과 조선인 고로(古老) 유지담(有志談)인 〈일시동인의 은혜를 입은 반도민의 감격〉이 이어서 게재되어 있다. 이와 같은 사실에서 볼 때 본서에서 소개하는 미담은 조선인을 대상으로 하는 조선인지원병제도를 선전할 목적으로 수집, 가공된 것이라는 것을 알 수 있다.

이러한 본서의 본론에 해당하는 다양한 미담의 사례를 통해서는 다음과 같은 사실을 지적할 수 있다. 첫째, 본 미담집에는 '동 부인회가 계속해 온 자발적인 활동', '전교 생도는 자발적으로 학용품을 절약', '자발적으로 헌금하고자 하는 마음'이라고 하는 식으로 전쟁에 협력하는 주체의 '자발'성이 강조되고 있다. 강요에 의하지 않고 스스로의 의지에 의한 협력임을 강조함으로써 선전효과를 극대화시키고 있다. 둘째, '학교 당국자의 지도와 군사강연 혹은 신문과 라디오의 뉴스 등으로 북지나 상하이 방면에서 포악한 지나를 응징하기 위해 활동하고 있는 황군의 노고를 생각하고 또한 연전연승의 쾌보에 깊이 감격하여', '국은에 보답할 것이 아무 것도 없는 것이 유감스러워 견딜 수가 없었습니다', '제2국민의 정신적 활동을 촉구함과 동시에 적은 액수이지만 국방헌금을 해야겠다고 생각하여'와 같이, 강연이나 미디어를 통한 이데올로기의 강요에 의해 일본인은 같은 천황의 신민으로서의 죄책감, 조선인은 제2국민으로서 불안감을 드러내고 있음을 알 수 있다. 셋째 미담의 주체가 군인, 경찰, 교육자, 관공서의 직원, 조선인, 일본인, 중국인, 미국인, 남성, 여성, 노인, 아이 등으로 분류되고 있어 그 주체가 계층적, 민족적, 성적, 연령적으로 다변화되고 있음을 알 수 있다. 마지막으로 미담의 주체와 내용이 매우 자세하게 기록되어 있는 보고자료라는 점을 들 수 있다. 본서에서는 편의상 조선인의 경우 성(姓)만을 남기고 이름은 ○○로 기재했지만, 미담을 행한 주체의 성명과 주소의 번지까지 매우 상세하게 기록되어 있고, 또 전쟁협력을 위해 돈을 바친 기부행위나 금액이 매우 세세하게 남겨져 있으며 기록물의 마지막 페이지에는 정오표(正誤表)까지 첨부되어 있어, 자료의 정확성과 객관성을 강조하고 있음을 알 수 있다.

이상과 같이 본서에는 계층, 지역, 민족, 성, 연령 등에서 주연적 존재였던 통치의 대상들을 전시라는 상황에서 천황의 신민으로 연대감을 형성하여 국가의 일원으로 전쟁에 동원하려는 식민 권력의 의지가 그대로 드러나고 있다. 동시에 이러한 의지에 부합하여 국가 시스템에 편입되고자 하는 다양한 주체들의 욕망 또한 표현되고 있다. 따라서 본서는 조선에서 이루어진 일본 제국의 전쟁동원의 실상과 피식민 주체로서의 조선인들이 그에 어떻게 반응했는지 파악할 수 있는 중요한 자료라 할 수 있다. 역자로서 본서의 번역이 만주사변 이후 일본 제국에 의해 만들어진 수없이 많은 미담에 내포되어 있는 지배 이데올로기의 구축 양상과 전쟁동원 이데올로기의 실상에 대해 주목할 수 있는 계기가 된다면 많은 보람을 느낄 것이다.

마지막으로, 본서의 자료로서의 가치를 인정하여 출판을 허락해 주신 역락 이대현 사장님, 많은 분량의 원고 편집에 끝까지 세심한 노력을 기울여 좋은 책으로 만들어 주신 권분옥 편집장님께도 감사의 마음을 전하는 바이다.

2016년 6월
역자 김효순, 송혜경

# 서문

우치다 다케시(内田武) 군은 우리의 선배이며 민간의 지사로 알려져 있다. 일찍이 동아동민협회(東亞同民協會)를 일으켜 대대적으로 선만일여(鮮滿一如)의 대의(大義)를 이루고자 하였으나, 지나사변이 발발하여 조선국민의 적성을 전하고자 용산 20사단 후카자와(深澤) 부대 본부에 출입하며 자료를 얻어 여덟 편의 인쇄교정이 이루어지던 날 불행하게도 병으로 서거한 것은 참으로 통탄해 마지않을 일이다.

불초 동군(同君)의 유지에 근거하여 후카자와 부대에서 아홉 편의 자료를 더 받아 귀족원의원 이마이 고스케(今居五介)[1] 씨의 후의에 의해 가타쿠라계(片倉系) 회사에서 경비 일부를 원조 받아 본서 출판의 완성을 보기에 이르렀다.

한구(漢口)가 함락되면 곧 광동(廣東)도 함락하게 될 것이다. 저 멀

---

1) 이마이 고카이(今居五介, 1859.12.8~1946.7.9). 일본의 실업가, 정치가. 가타쿠라 이치스케(片倉市助)의 삼남. 1877년 이마이 다로(今井太郎)의 양자가 됨. 1886년 농상무성(農商務省) 잠병시험장(蚕病試驗場)에 들어갔으며 가타쿠라마쓰모토제사(片倉組松本製糸) 소장이 된다. 1920년 가타쿠라제사방적 부사장으로 취임. 대일본잠사회 회장, 전국 잠사업조합연합회 회장. 1932년 귀족원칙선의원.

리 있는 황군(皇軍) 장사(將士)의 노고를 생각함과 동시에 장기전에서 장기 건설이라는 대방침 확립을 기하기 위해서, 우리들은 가일층 총후 근무를 확고히 해야 한다. 만약 본서의 간행에 의해 제이, 제삼의 총후애국미담이 속출하여 황국 성전 수행에 십분의 일이라도 도움이 된다면 편자로서는 더없이 다행한 일이다.

1938년 남산에서 깊어가는 가을 10월 1일
『중외상업신보(中外商業新報)』/『일본공업신문(日本工業新聞)』 경성지국
경성지국장 청채(菁彩) 이시카와 이치로(石川一郎)[2]

---

2) 이시카와 이치로(石川一郎, 1885.11.5~1970.1.20). 일본의 재계인, 경영자. 도쿄제국대학(東京帝國大學) 조교수, 닛산화학공업사(日産化學工業) 사장을 거쳐 구경제단체연합회(旧経済団体連合會=현일본경제단체연합회) 초대회장.

# 차례

## 일반 남자(조선인)의 부部

## 일반 부인(내지인)의 부部



## 아동의 부部

## 출정 병사의 부部



## 기타의 부部

## 단체 여자의 부部



## 출정군인 유족의 부部

# 조선지원병제도의 달성

우리 조선 전토에 일지사변(日支事變) 발발 이후, 일반 민정(民情)은 오히려 의외로 생각될 만큼 좋은 방향으로 전향된 실적을 보여주고 있다. 또한 사변 발발을 기하여 조선군 당국, 조선총독부 당국은 각각 세세하게 전조선 각지 각호(各戶)를 대상으로 민심의 동향변화의 현상에 대해 일찍이 내사를 개시했다. 그렇게 해서 수집한 자료 전반을 보면 애국 적성이 넘치는 성의는 실로 당국을 감격하게 하지 않는 것이 없다. 아니 경탄해 마지않을 것들이다. 실로 조선군 당국이 조사 수집한 별항 조사록 1집에 실려 있는 것처럼, 총후에 있는 일반 민중의 국가에 대한 진충보국의 관념은 적성이 넘치고 있음을 확인하기에 충분할 뿐만 아니라, 사변 발발 후 나날이 심각해지고 있는 조선지원병 문제의 강화는 마침내 전 국민을 감동시켰다. 더 나아가 황송하게도 성상폐하께서 마음 깊이 감격하시어 마침내 1938년 2월 23일 관보로 공포제정을 보기에 이르렀다. 그리고 드디어 4월 3일 진무천황제(神武天皇祭)[3]라는 길일을 잡아 실시하기로 결정한 것은 조선 일반민중으로서는 거듭 축하할 일이다.

---

3) 진무천황은 일본 제1대 천황으로서 전설의 인물.

# 육군특별지원병령

제1조 호적법의 적용을 받지 않는 연령 17세 이상의 제국 신민인 남자로 육군병역에 복무하는 자는 육군대신이 정하는 바에 의해 전형상 이를 현역 또는 제1보충병에 편입할 수 있음.

전 규정에 의해 현역 또는 제1보충병역에 편입된 자의 병역에 관해서는 육군대신이 특히 정하는 경우를 제외한 다른 병역법이 정하는 바에 의해 현역 또는 제1보충병으로서 징집되는 자의 병역과 같다.

제1항에서 규정하는 연령은 지원한 해의 12월 1일의 연령으로 한다.

제2조 전 조항의 규정에 의한 현역 또는 제1보충병역에 편입할 수 있는 인원수는 매년 육군대신의 재가를 거쳐 이를 정한다.

전조항의 규정에 의해 현역 또는 제1보충병역 편입 수속을 끝냈을 때는 육군대신은 그 상황을 상주(上奏)해야 한다.

제3조 보충병역국민병 또는 병역을 끝낸 자로 전시 또는 사변이 있을 때 육군부대 편입을 지원하는 자는 육군대신이 정한 바에 의해 전형상 이를 적의한 부대에 편입할 수 있음.

전항의 규정에 의해 육군부대에 편입된 자의 신분은 소집중인 자와 동일하게 취급한다.

제4조 전 조항의 규정에 의해 육군부대에 편입된 자는 그 편입동안 제1국민병역에 있는 자 혹은 예비병역 후 예비역 혹은 제1국민병역인 자는 후비병역으로, 그 외 제1보충역을 제외한 자는 제1보충병역에 복무하게 하고, 병역이 끝나고 전에 병사 계급을 가지고 있던 자는 육군부대에 편입할 때는 전에 가지고 있던 병사 계급을 부여한다.

제5조 육군대신은 조선에서는 도지사 및 경찰서장으로 하여금 제1조에서 규정하는 사무의 일부를 담임하게 할 수 있음.

부칙

본령은 1938년 4월 3일부터 이를 시행한다.

이와 동시에 미나미 지로 대장은 조선총독의 입장에서 아래와 같은 성명을 냈다.

# 미나미 조선총독의 성명

조선인에게 적용되는 육군지원병제도는 그 후 관계기간에서 심의 중이었는데, 마침내 재가를 거쳐 칙령으로 금일 공포되기에 이른 것은 국가를 위해 경축해 마지않을 일이다.

본 제도의 실현은 조선 통치상 명확한 일선을 긋는 것이며, 이 의의만으로도 1938년은 영구히 기념해야 할 해라고 믿는다. 말할 것도 없이 본 제도는 반도 동포의 충성이 강하게 인천(人天)을 움직인 결과에서 온 것인데, 내외 일반 식자들 사이에서는 비상한 관심을 가지고 이 실적여하를 눈여겨보고 있다고 생각한다. 고로 금후에 대한 기대로서는 그 지조, 그 능력에 있어 제국군인으로서 부끄럽지 않은 자질을 갖춘 청년이 배출되어 사실상 본 제도의 정신을 살리고 반도의 명예를 발양해야 한다.

우리 반도 청년은 군대 입대여부와 상관없이 국방의 임무를 부담하는 명예에 대해서는 반드시 중책이 동반되는 소이를 이해하고 일찍이 체득한 황국신민의 참 정신을 완전한 모습으로 구현하기를 바라마지 않는다.

조선지원병제도 달성에 대해 고이소 조선군사령관은 이하와 같은 성명을 냈다.

# 고이소(小磯)[4] 조선군사령관의 성명

지금 동 육군특별지원병령의 시행을 앞에 놓고, 조선동포가 직접 우리 국방의 임무를 담당할 길이 열린 것은 황국을 위해 경축해야 할 일이다. 특히 조선에서 봉직하며 본 제도의 실현을 기원하고 있던 본직(本職)으로서는 이에 감개무량하다.

이번 지원병제도의 채용이 역대 천황이 보여주신 일시동인의 성려(聖慮)에 근거하는 것임은 말할 것도 없지만, 반도 동포가 적어도 황국국민으로서 지고지대한 국방의 임무를 지게 된데 대해서는 깊이 그 의의를 성찰하고 각오를 더 새롭게 하는 것이 매우 필요하다고 믿는 바이다.

즉 본직은 본 제도의 채용에 의해 내선일체의 성업을 향해 가장 강력한 일보를 내딛을 수 있게 된 것을 기쁘게 생각함과 동시에, 특히 강조하고 싶은 점은 본 제도는 완전한 병역법의 적용이 아니라고는 하지만 지원에 의해 일단 병역의 영예를 얻은 후에는 그 신분의 취급 및 복역에 관해서는 일반 징병에 의한 병사와 동일 무차

4) 고이소 구니아키(小磯國昭, 1880.3.22~1950.11.3)를 말함. 일본 육군 군인, 정치가. 육군 대장, 육군차관, 관동군 참모장, 조선군사령관 역임. 1942년 조선총독으로 부임, 전쟁수행을 위한 징용·징병·공출 등 수탈정책을 강행, 악랄한 통치로 우리 민족을 괴롭혔다. 1944년 7월 도조(東條) 내각이 무너진 후 총리대신으로 내각을 조직하고 최고전쟁지도자 회의를 설치, 기울어진 전세의 만회에 노력하다가 1945년 4월 사직했다. 패전과 동시에 1급 전쟁범죄자로 종신형을 선고받고 복역 중 죽었다.

별하며 일반 장병과 함께 혹은 국토방위에 혹은 공성야전(攻城野戰)에서 활약하게 됨은 물론 하사관 또는 장병으로 진급하는 길도 열려 있어서, 결단코 서구 제국의 소위 식민지 군대와 같은 것과는 그 종류가 다르다는 점이다.

또한 일반적으로 말하는 병역의 의무라는 것은 국민의 지고지대한 의무임은 말할 필요도 없는데, 이 의무관념을 바로 소위 태서파(泰西派)의 권리의무의 사상으로 해석해서는 안 된다. 우리나라 병역의 본의는 권리를 대상(代償)으로 하는 의무의 관념을 초월한 진정한 충군애국의 지성에 그 근저를 두는 것이며, 그 본질에 있어 실은 의(義)임과 동시에 국민의 중대한 정신적 권리이다. 이에 황군의 약여(躍如)한 성실성이 현존하며 세계 무비(無比)의 황군의 강점을 이야기하는 소이이다. 종래 걸핏하면 일부 인사가 주장하는 것처럼 우선 동민(同民)으로서 의무를 다함으로써 권리를 추구해야 한다고 하며 이에 병역문제를 관련지으려 하는 것은, 일찍이 황군의 본질을 유린하고 또 이번 육군특별지원병령 제정의 취지를 몰각하는 것일 뿐만 아니라 더 나아가 국방의 임무를 지고자 하는 반도청년 동포의 숭고한 정신과 순결한 심정에 해악이 되는 바 실로 크다고 해야 할 것이다.

요컨대 반도 청년은 본 제도를 통해 물심양면에 걸쳐 그 전능(全能)을 최고도로 발휘함으로써, 위로는 폐하의 성려를 받듦과 동시에 아래로는 내선 일억 동포의 기대를 저버리지 않도록 해야 할 것이다. 이렇게 해서 본 제도 실시 성과는 마침내 이를 확대시킬 타당한 기운을 개척하는 계기가 될 것이며 더 나아가 우리 반도 동포가 황국신민으로서 어떠한 의무도 다할 수 있는 자질의 소유자임을 천하에 증명하는 열쇠가 될 것이라는 각오가 필요하다.

이번 지나사변을 맞이하여 분연히 끓어오르는 조선반도의 진충보국의 적성이 얼마나 아름답게 세상 사람들의 인심을 감동시켰는지, 그리고 이 도의적 내선 단결이 소위 서양류의 통치론자들에게 청천벽력과도 같은 경이감을 불러일으킨 사실에 생각이 미치니, 본직은 이번 지원병제도의 실시에 의해 우리 반도청년 동포가 이상과 같은 진정한 애국지정에 근거한 열렬한 의기를 여실하게 앙양할 것을 믿는 바이다.

요컨대, 우리 조선동포가 깊이 우주의 유구한 역사를 성찰하고 또 현하 동아 사태를 인식하여 다시 한 번 황국의 사명을 더 한층 정확히 파악함으로써 이번 지원병제도 제정의 성려에 보답하기를 바라마지 않는 바이다.

# 지원병령과 훈련소 입소 출원의 내용

총독부 내무국장 발표

조선동포에게 육군지원병의 길을 열어주는 육군특별지원병령이 지난 23일 공포되어 4월 3일부터 실시되는데, 총독부에서는 다케우치(竹內) 내무국장 담화형식으로 동 제도의 내용과 수속에 관해 다음과 같이 발표했다.

지원병제도의 실시를 위해서는 육군특별지원병령 외 조선총독부 육군지원병훈련소관제, 육군특별지원령시행규칙, 육군지원병훈련소규정, 동훈련소생도채용규칙, 동생도채용수속 등의 관계 제 법령의 공포를 필요로 하는데, 목하 그 준비를 끝내고 근 시일 내에 발포할 전망이며, 또 제반 타협을 필요로 하기 때문에 근시일 내에 각도(各道) 관계관을 본부에 소집하여 실시상의 주의를 촉구하여 만의 하나 유감이 없도록 기할 것이다. 출원수속, 채용 방법, 훈련소 조직 등은 위에 명시해 두었지만, 훈련소에 관한 대요(大要)를 정리하면 다음과 같다.

- 지원병훈련소에 금년 입소할 수 있는 인원수는 4백 명 예정이다.
- 출원자는 원서에 이력서, 본적지 또는 주소지 부윤, 읍면장 등

의 보증서, 신체검사증 및 호적 초본 등을 첨부하여 이를 본적지 관할 경찰서장에게 제출한다. 이들 서식은 별도로 제시한다.

- 경찰서장은 그 원서를 수리하여 신분명세서를 작성하고 적격자를 도지사에게 보고한다.
- 도지사는 엄밀한 신체검사 및 전고(詮考) 시험을 실시하여 도에 배당된 인원수만큼 훈련소장에게 추천한다.
- 훈련소장은 도지사의 추천자에 대해 육군 군의가 실시하는 신체검사를 거쳐 입소자를 결정하고 이를 전기 입소자와 후기 입소자로 나눈다.
- 전기 입소자는 금년 6월 훈련소에 후기 입소자는 올해 12월에 훈련소에 각각 입소하게 한다. 약 각각 6개월간 훈련을 받는다.

대략적인 요지는 이상과 같은데, 상세한 사항은 관계법령의 발포에 따라 근시일 내에 발표할 것이다.

# 일시동인의 은혜를 입은 반도민의 감격

조선인 고로(古老) 유지담(有志談)

일지사변은 결과적으로 반도 민심에 마지막 타진의 기회를 주었다고 해야 하며, 국민 각 계급 빠짐없이 국가지정(國家之情)의 적성이 어떠한지를 판별할 수 있기에 이르렀다. 이에 깊이 성정(聖情)을 어지럽힌 것은 황송스럽게 되었다.

마침내 반도민을 위해 육군특별지원병제령 공포를 보게 된 것은 실로 반도 장래에 있어 얼마나 감격스러운 일인지 모른다.

일지사변 발발 이래 민심은 급변하여 애국 심리에 집중함과 동시에 어떻게든 진충보고(盡忠報告)의 성의를 표하고 싶다는 많은 사람들의 민의(民意)는 진정한 외침으로 생각되지만, 조선인에 대한 징병제의 설정을 보지 못한 반도민으로서는 단순히 총후에서 준동하는 외에 달리 방법이 없었기 때문에' 국민으로서 유사시 최고의 진충보국의 성실함을 알릴 수 없어 인간된 도리로 뭔가 무의미한 존재로 여겨져 유감스럽기 짝이 없었다. 하지만 이번에 뜻밖에도 황송하게 은혜를 입어 이러한 지원제의 은전(恩典)을 받게 되니, 국민의 경축은 무엇에도 비길 수 없을 만큼 기쁜 것이었다.

적어도 전반도민 상하를 불문하고 4월 3일 진무천황제 당일을 더없이 좋은 우리 지원징병제 시행기념일로서 영원히 축복 기념하는 날로 삼아 일대기념축하회를 거행해야 한다고 유지고로(有志古老)는 눈물을 글썽이며 말했다.

# 일반 남자(내지인)의 부部

# 소집 군인가족에 대한 가장의 의협심

경상북도 김천읍 본정(本町)
다카사키 헤이키치(高崎兵吉)

위 사람은 김천읍 유수의 신망가이다. 이번 동원령에 의해 소집된 다지마 히데오(田島秀雄) 일가족 6인이 그의 셋집에 거주하며 집세 월 15원에 잡화상을 운영하고 있었는데 소집이 된 것을 통절히 동정하여 소집된 달부터 제대 귀택까지 집세 전부를 면제해 주겠다는 뜻을 표명했다. 다지마가 감사해 한 것은 물론 일반 읍민도 다카사키 씨의 행위에 대해 깊이 칭찬하고 있다.

전라남도 함평군 함평면 기각리(箕閣里)
야마카와 기요시(山川淸)

위 사람은 8월 17일 금년 하기(夏期) 토용행사(土用行, 진언종)[5]를 하여 희사받은 금 2엔을 시국이 중대하니 국방비의 일부로 사용하라며 적성으로 헌금했다.

---

5) 토용(土用)은 음양오행설의 오행 중 '토(土)'를 각 계절의 끝에 할당한 것으로 봄, 여름, 가을, 겨울 4번 있지만, 보통 여름의 토용을 일컫는다. 환절기이기 때문에 체력 유지를 위해 장어를 먹는다.

전라북도 군산부 명치정(明治町)
후지카와 다다오(藤川忠夫)

위 사람은 전주지방법원 검사국 직원으로서 봉직 중 보충역 보병으로 이번 지나사변 발발에 의해 소집이 되었다. 그러나 운 나쁘게도 신체가 병약하여 즉일 소집해제되었다. 하지만 이러한 국가비상시국에 국가의 간성(干城)[6]으로서 봉공할 수 없는 것은 참으로 유감스러우니, 어떤 방법으로든 만분의 일이라도 국가를 위해 진력하고 싶어 국방헌금으로 매우 약소한 금액이지만 헌금 수속을 하고 싶다며 군산경찰서를 방문하여 금 5십 원을 내었으니, 그 행위는 일반에게 다대한 감명을 주었다.

전라북도 군산부 원정(元町)
미곡중개상 와키타 하루지(脇田春治)

위 사람은 미곡중개상을 하는 한편 군산의용소방조 부조장으로서 기특하게도 조원의 지도 유액(誘掖)에 힘쓰며 늘 공공을 위해 활약하여 부민으로부터 존경을 받고 있다. 특히 이번 지나사변이 발발하자 더욱더 시국의 심각성을 인식하고 소집군인이 뒤에 남은 가족을 걱정하지 않도록 늘 부내 소집 군인 가족의 생활 상황에 신경을 썼다. 그리하여 부내 금광정(錦光町) 167번지에 거주하다 소집

6) 방패와 성으로 나라의 밖을 막고 안을 지키는 것 혹은 나라를 지키는 군인이나 인물을 가리킴.

이 된 고이즈미 기요시게(小泉淸重)의 집에는 아내 마쓰코(マツ子)와 두 아이가 남았는데, 장녀 아키코(昭子, 당년 3세)가 안질 때문에 입원시술을 요하지만 저축해 둔 돈이 없어 매우 곤란하다는 소식을 듣고, 수중에 있던 돈 2십 원을 주고 즉시 입원시켰다. 또한 생활이 여의치 않은 부내 강호정(江戶町) 28번지에 거주하다 소집된 야마가타 덴지(山縣伝次)의 집에는 처자 다섯 명이 남았는데 저축한 돈은 없고 가족은 많아 생활이 곤란한 상황이므로, 매월 금 2십 원을 증여하였다. 이상과 같은 행위는 총후에서 현저히 국민을 후원하는 것으로 일반 부민들은 매우 감격스러워 하고 있다.

## 일사보국 덕분에 이 따뜻한 후원이 있다

전라북도 군산부 해망정(海望町) 산1
후비역(後備役) 보병 일등병 나가노 데쓰오(永野哲夫)

위 사람은 배의 목수로서 돈벌이를 하러 타향에 나와 있다가 소집을 통보받고 급거 거류지로 돌아가 소집에 응했다. 그러나 고용지에는 연고자나 의지할 사람이 아무도 없고 또한 하루 벌어 하루 먹고 사는 처지였기에 소집에 응할 준비를 전혀 하지 못하여 딱한 상황이었다. 그러한 사실을 목격한 군산경찰서 경보부(후비역 보병 상등병) 시오타니 게이치(塩谷敬一)는 딱한 처지를 동정하여 자신 소유의 양복을 주었고, 수사부장 가리노 마사스에(狩野正季)는 신발 등 일체를 준비하고 자택에서 출정 주연을 열어 육친보다 더 따뜻하게 원조를 하였다. 또한 출발 시에는 두 개의 기치를 새로 만들어 다른 소집자와 똑같이 해 주어 본인으로 하여금 부끄럽지 않도록 출정을 축하해 주었다. 이에 감격한 나가노는 출발에 즈음하여, '설령 어떠한 고생을 하더라도 신명을 받쳐 황국을 위해 분투하여 보은의 정성을 다하겠다'고 감읍(感泣)하였고, 소집자 및 전송을 나온 일반인들에게 다대한 감격을 주며 용감하게 출발했다.

그리고 8월 4일 소집부대장으로부터, 미즈노 일등병이 결국 7월 27일 북평단하촌(北平團河村) 부근 전투에서 명예롭게 전사했다는 취지의 전보가 들어왔고 동월 6일 일체의 유품이 군산경찰에 송부되었다. 시오타니 경부는 이를 값진 기념이라며 친아버지 앞으로 송부했다.

이 전사로서 본인이 얼마나 감동했을지 미루어 짐작할 수 있음과 동시에 본 행위는 총후의 강력한 후원과 관민일치의 정화(精華)로서 일반에게 통절한 감명을 주었다.

# 주야로 신전에 황군의 무운장구를 빌다

충청북도 옥천공립농업실습학교장
마스오 세이지(增尾政治)

본인은 옥천 읍내에서 20여 정 떨어진 곳에 거주하며 교편을 잡고 있었는데, 사변 발발 후 연일 (오전 4시부터 5시 사이에) 생도를 인솔하여 출근한 후 황군의 무운장구를 기원하고 있다.

본 행위는 생도는 물론 일반 부락민으로 하여금 총후에서 사변에 임하는 각오와 인식을 깊이 하여 타인에게 통절한 감동을 주었다.

# 종6위 훈7등 백발의 우편집배원

사변 발발 이래 수원역은 출정 황군 환송영을 위해 각종 단체 및 남녀노소 사람들을 불러 모아 문자 그대로 인산인해를 이루었다. 그런데, 그중 백발은색으로 한눈에 고령임을 알 수 있는 한 노인이 '우편물수집'이라는 글자가 들어간 우편집배인용 큰 가방을 어깨에 메고 인파를 헤치며 열차가 올 때마다 달려가 황군의 우편물을 모았다. 그러나 우표 값을 주어도 그것을 받지 않고 사재로 우표를 붙여 보냈다. 이와 같이 적성이 넘치는 노인은 수원역 전 우편소장 종6위 훈7등 오다(苧田) 씨로 69세인데, 보는 사람 듣는 사람으로 하여금 감격하게 하였다.

## 노인이 애국우편저금을 헌금[7)]

경상북도 개경군 호서면 점촌리 미야다 우이치로(宮田卯市郎)는 당년 71세는 독신자로 점촌리 무연탄 창고를 감시하며 그날그날 생활하는 자이다. 그는 일찍이 애국심에 불타올라 1936년 4월부터 4년 거치 애국우편저금에 가입하여 유사시에 그것을 이용하고자 하는 마음으로 매달 얼마간 저축을 하고 있었다. 그런데 이번 사변을 맞이하여 시기가 도래했다고 생각하여 우편소장에게 특별히 간청하여 전액 인출하여 10월 28일 금 12원을 국방헌금으로 대구헌병분대에 기탁했다. 빈곤하고 노령임에도 불구하고 그 같은 금액을 헌납한 것은 총후의 귀감으로 삼기에 족하다고 인정된다.

7) 원문에는 제목이 누락되었으나 역자가 임의로 붙임.

# 불구자가 매약행상으로 헌금[8]

경성부 한강로 2-70
매약행상 야스무라 고이치(安村幸一)

위 사람은 불구자(귀병)로 전○○[9]이라는 매약행상을 하며 조선 각지를 돌아다니며 천리교를 믿는 자이다. 행상이 여의치 못함에도 불구하고 이익금 2원 14전을 익명으로 목포경찰서에 국방헌금하여, 조사를 해 보니 부내 삼등여관(木柵店)에 숙박하면서 이와 같은 미담을 만들어 부민이 크게 감동했다.

---

8) 원문에는 제목이 누락되었으나 역자가 임의로 붙임.

9) 『동아일보』 1938년 2월 25일자 기사 「이번엔 가국방단원 전승환이라하야 강매」에서 만병통치의 신약이라며 국방헌금을 위해 국민은 누구나 사야 한다며 반강제로 팔았다는 내용을 보도하고 있다.

# 지성으로 부모를 움직이다

평안북도 강계군 강계읍 서북동
목욕탕업 와다 유키치(和田勇吉)

위 사람의 장남 히로키치(博吉)는 당년 24세로 유소년 시절부터 병마에 시달리기 시작해서 아직까지도 병상에서 신음하는 불행한 처지이다. 그런데, 장남은 사변 발발 이후 황군 장병의 분투와 총후 국민이 열렬히 후원하는 상황을 매일매일 라디오와 신문지상에서 보고 들으며, 늘 '나도 건강하면 이들 용사와 함께 제일선에서 활약하며 봉공할 나이인데 이렇게 병든 몸으로는 아무 것도 할 수 없다. 하다못해 국방헌금이라도 내고 싶지만 일도 할 수 없으니 참으로 유감스럽다'라고 사나이 눈물을 흘리며 진정을 호소하는 일이 종종 있었다. 부모 역시 자식의 말에 감격하여 병상에 있는 자식을 위로할 말을 찾지 못하고 함께 흐느껴 울었다. 그 후 9월 11일 강계헌병분대에 출두하여 위와 같은 사랑하는 자식의 진정을 토로하며, '다만 오늘은 약소하지만 국방헌금을 하여 나라에 보답하는 수밖에 없으니 이것이 자식의 마음을 위로하는 길이다'라고 눈물 젖은 목소리로 부모 자식의 적성을 피력하며 금 천 원을 국방헌금으로 기탁하여 담당자를 울렸다.

# 출정군인 가족의 빚을 면제하다

진남포부 삼화정 79
석탄상 다나카 가이치(田中嘉市)

위 사람은 자신의 셋집에 거주하는 예비역 보병일등병 우에다 겐이치(上田健一)의 소집에 따라 생활의 지주를 잃고 여동생이 버는 얼마 안 되는 수입으로 생계를 유지하는 가족의 궁상을 동정하여, 지난달부터 매달 집세 7여 원을 면제하여 부근 사람들에게 감동을 주었다.

## 재향군인의 귀감

충청남도 서천 소재 서천향군인분회장 육군 주계(主計) 중위 사카이 쓰네오(酒井経夫) 씨는 1926년 7월 향군분회장이 되었다. 그는 1938년 어대전기념사업(御大典記念事業)[10]으로 의연금 10원을 모금하여 향군사무소(서천공회당 겸용)를 건축하고 분회비치물 단복 40벌, 총 21정을 구입함과 동시에 수리조합배수로 국유 미답지 4정보를 개간하여 분회 기본재산으로 바치고 연 수익 현금 2백 원 이상의 재원을 만들거나 기타 공적을 인정받아, 1929년 11월에 대일본재향군인회장에게 표창장을 받았다. 1931년에 충혼비 건설 의연금 천 원을 모금하여 서천신사 내에 충혼비를 건립했고, 만주사변이 발발하자 위문품 및 위문금 송부 등을 이룸과 동시에 행군봉사작업으로 도로(약 35정) 수리 및 청소를 실시했다. 북지사변 이후에는 경영하는 농장 및 상업방면의 일은 전혀 돌보지 않고 집안 식솔들에게 맡겨 폐지상태가 되었고, 자신은 주야로 향군을 돌보거나 민중을 대상으로 하는 인식강화회(認識講話會)에만 몰두해 왔다. 아울러 주요

10) 어대전(御大典)은 천황이 황위를 계승한다는 것을 내외에 보여주는 천황 즉위식을 가리키는 것으로 쇼와 천황은 1928년 11월 6일 어대전을 거행하였으므로 1938년은 그 10주년에 해당한다.

활동을 들자면 (1) 분회원 전투연습(1주일간), (2) 방호단 설치, (3) 국방부인회 창설, (4) 출정 병사 가정방문위안회 개최, (5) 기원제 집행, (6) 시국인식을 위한 부락 순회, (7) 기타 국방헌금액을 천원으로 올린 것(분회장 취임 이래 현재까지)이다. 또한 분회장 취급헌금이 2천 4백 원이나 되었고, 그중 방공기재비 1천 5백 원, 가족 위문 기타 천 원 정도에 달해 군내 출정군인에게는 조선신궁의 부적을 배포하고 개인 전별금을 증정하는 등 실로 재향군인의 귀감으로 삼을 만하다.

# 충청남도 서천군의 헌금 미담

*

서천 수리조합 이사 마스야마 조지(桝山常治) 씨는 경성에 있는 자식이 출정했는데, 그 전별금 15원을 전부 국방헌금했다.

*

서천 경찰서 순사부장 스에쓰구 히로히사(末次廣久) 씨는 근속 15년간 표창금을 봉투에 담긴 채로(상금 20원) 국방헌금했다.

*

전 서천 금융조합이사 다지리 미치루(田尻滿) 씨는 올해 환갑인데, 시국이 점점 더 급격하게 본격화되는 오늘날 환갑잔치를 할 수는 없다며 소요경비 30원을 국방헌금하고 환갑잔치는 그만두었다.

# 17년 동안 끈질기게 계속해 온 절등(節燈) 저금을 헌금

충청남도 보령 금융조합 이사 다케우치 후사타로(竹内房太郎) 씨는 목하 보령군사후원연맹 이사로서 활약 중인 사람으로 종래 고가의 담배를 피웠다. 그러나 1920년부터는 이를 저가 담배로 바꾸고 그 차액을 저금하여 올해 17년째가 되는데 그 액수가 266원에 달했다. 그것을 이번 애국기 충남호 헌납 상황에 대해 듣고 위 저축 금액 중 2백 원을 동기 헌납자금의 일부로 헌납했다. 이와 같은 선행과 평소 끈기 있는 저축 습관은 일반군민을 감격시켰다.

## 노인이 결연히 금연을 하여

충청남도 아산군 온천리 재주 우에하라 다쓰사부로(上原辰三郎)는 부유하지는 않지만 올해 70이 지난 노령자로 총후의 국민으로서 충분한 활동도 하지 못하고 있었다. 그런데 지난 8월 10일 온양방호단결단식 당일을 기해 종래 좋아하던 담배를 결연히 끊고 미미하지만 당분간 이 절약금을 매월 온양방호단에게 기부하겠다고 공중의 면전에서 서약하고 이를 위해 노력하고 있다. 이로써 일반에게 다대한 감격을 주었다.

# 트럭 운반 봉사

충청남도 서천군에서 군수용 볏짚 12,000관의 매상을 올렸을 때 볏짚 소지자는 앞 다투어 수요자에게 간청하여 소지하고 있는 볏짚을 서천역까지 운반했는데, 각자 전부 봉사로 운반을 하고 싶어 했다. 그런데 그중에서도 마스다 하루오(增田晴雄) 씨가 경영하는 장항트럭부는 한산, 마동, 화양, 서남면에서 오는 것은 자신의 트럭으로 운반 봉사해야 한다며 겨우 하루 만에 전부 운반했다. 이는 참으로 시국에 대처하는 선행이라 하기에 족하다.

## 금연을 하여 헌금

충청남도 서천군 농회(農會) 기수 모리 요네타로(森米太郎, 당년 48세)는 지나사변이 점점 더 험악해져서 국민총동원령이라는 어려운 시기를 맞이한 가을, 총후에 있는 우리들이 매일 즐겁게 일할 수 있는 것은 오로지 황군이 국방의 완벽을 기하고 있기 때문이니 우리들이 절약해야 할 때가 왔다고 했다. 그리고 약소하지만 국방에 충당했으면 한다며 매일 피우던 담배를 끊고 용감하게 금연을 해서 그 담뱃값을 매달 헌금하겠다는 뜻을 밝히고 실행하고 있다.

# 적성 부부

전라남도 함평군 해보면 문장리
가토 세이조(加藤淸藏)와 처 기쿠에

함평지방은 작금 올해 들어서서 처음으로 눈이 내리고 한파도 점점 더 심해져서 견디기 힘든 계절이 되었다. 이에 멀리 지나 벌판에서 분전하고 있는 장병들의 수고, 특히 영하 몇 십 도나 되는 땅에서 격전 행군고투를 계속하고 있는 황군을 생각하고, 적국 비행기가 한 대도 습격하지 않고 온돌에서 안전한 생활을 할 수 있는 것은 오로지 장병의 수고 덕분이라며, 남편 세이조는 지난 9월 22일 위문헌금을 했다. 또한 처 기쿠에는 12월 6일 평소의 용돈으로 저축한 돈 10원을 약소하지만 위문헌금했다.

# 사진 보국

조선 사진사 동지회 회원은 각자 자작의 걸작 사진 2천 장을 모았다. 그것을 대표자 요시오카 히로시로(吉岡廣城) 씨가 지참하고 휼병부(恤兵部)에 황군 장병 위문으로 헌납했다.

## 시국에 관한 보통학교장의 미담

평안북도 초산군 고면 고장보통학교장 겐모쿠 사부로(見目三郎)는 이번 지나사변이 발발한 이래로 시국 인식에 노력을 경주하고 있었는데, 사변이 진전됨에 따라 더한층 이에 철저를 기하고자 교실에 사변용 지도를 준비하고 전날 밤 '라디오'로 특이 사항을 '노트'하고 또 신문잡지에 실린 군의 미담이나 애화 등을 수집하여 수업을 시작할 때 매일 아동에게 들려주는 등, '민중의 시국인식은 먼저 아동에서부터'라는 견고한 신념을 가지고 노력해 왔다. 그 결과 헌금, 위문품 등의 신청이 많이 나와서 각 교실에 황군 위문 및 국방헌금 상자를 준비하고 장부를 갖추어 헌금의 출소를 기재하였는데, 그 대부분은 일요일 등을 이용하여 땔나무를 해서 번 돈 2, 3전을 헌금한 것으로 매월 애국일에 상자를 열어 송부하니, 매회 3, 4원 정도 모여 누계 50여 원에 달하였다. 조선 동포 아동으로 하여금 이러한 가련한 정을 발로하게 한 것은 이 학교의 시국인식에 대한 교육이 철저하다는 것을 보여주는 것이다. 이 학교 교장의 시국에 대한 노력에 부형들은 크게 감격하고 있다.

충청남도 논산군 강계읍 대화정
다이치쿠 고조(大築康造)

위 사람은 강경읍 대화정 조선석유주식회사 강경대리점 다카하시 상회에 사무원으로 근무하고 있는데, 같은 상회에 고용되어 있는 오자키 슈지(尾崎修次)가 이번 지나사변으로 올해 ○월 ○○일 응소하게 되자 그의 처인 스에코가 때마침 산달이라 응소한 후의 가족 일에 대해 심히 우려하는 것을 알게 되었다. 다이치쿠 고조는 오자키와 같은 근무처일 뿐 어떠한 연고나 관계도 없음에도 불구하고, 가슴 깊이 동정하여 의협심을 일으켜서 오자키에게 출정 후의 모든 일을 맡아서 하고 개선(凱旋)할 때까지 어떠한 일이 있어도 돌보아주겠다는 뜻을 알리고, 황국을 위해 분투할 것을 고무, 격려하여 용약(勇躍)하게 응소하도록 하였다. 출정 후 곧 오자키의 처를 자기 집으로 데려와서 자신의 가족과 마찬가지로 부양하였고 그 해 7월 25일 남아를 분만하자 다이치쿠는 자신의 처로 하여금 산전 산후의 간호를 하게 하였으며 자택에 동거하게 하는 등, 물질적인 원조는 물론 정신적으로도 크나큰 원조를 주었다.

오자키의 처는 남편이 응소하는 동안 근무지였던 다카하시 시게루(高橋茂) 병위(兵衞)[11]로부터 1개월에 15원씩 받고 또 군사구호법에 의해 강경출정군인 후원회로부터 약간의 급여를 받았다. 하지만 분

11) 율령제하의 관청의 하나인 효에부(兵衛府)에서 일하는 무관. 궁문의 수비와 천황 행차 때의 봉공을 맡았다.

만 후 모유가 부족하여 생기는 비용이 잡비를 합쳐 1개월에 25원 정도가 들자, 다이치쿠 고조는 식비를 전혀 받지 않는 것은 물론 세간으로부터 오자키의 처를 조추로 대용한다는 비난을 두려워하여 조선부인을 조추로 고용했다. 다이치쿠 고조의 후의에 대해 오자키의 처가 감격하는 것은 물론 숨어 있는 총후의 미담으로서 일반인으로부터 상찬을 받았다.

## 입영(入營)기념으로 헌금

경기도 김포군 탕촌면 도사리에 거주하는 시미즈 긴타로(淸水金太郞)는 평소 황군의 충용에 감동하여 무운장구를 기원하던 차, 장남인 가네오(金雄) 군이 입영하게 되자 이러한 광영을 기념하여 탕촌면장을 거처 금 20원을 황군위문금으로서 헌납할 것을 신청하니, 군에서는 이 사람의 성의에 감격하여 곧 수속을 진행시켰다.

# 새끼를 꼬아서

전라남도 함평군 라산면 삼송리 378번지
하라 레이타로(原禮太郎, 외 5명)

위의 사람은 1월 14일 금 10원 37전을 내서 국방비를 헌납하였는데, 그 동기는 시국의 중대성을 절감하여 올해 정월 가도마쓰(門松)[12]용 새끼를 제작하여 24조를 배포해서 번 것이었다.

12) 새해에 문 앞에 세워두는 장식용 소나무.

# 비상시국에 친아들 예비소위의 병사(病死)를 유감으로 생각하여 부친, 거금의 사재를 털어 기부하다

나라현(奈良縣) 출신으로 현 경성부 본정 1정목 116번지의 신와(信和)주물공장주 구로마쓰 마타시치(黑松又七) 씨의 친아들인 예비 육군 보병소위 마타이치(又一, 29세) 군이 지난 1월 4일 병사하였다. 아들은 오랫동안 병상에 있다가 하늘나라로 갔기 때문에 생전에 군인이었지만 재향장교단, 재향군인회 및 사회에 공헌하지 못했을 뿐 아니라, 닥친 비상시국에 다수의 전우는 출병하여 혁혁한 무훈을 거두었지만 자기 혼자만 적탄에 쓰러지지 못하고 병에 쓰러지는 것은 진정으로 불충의 극에 달한다 하여 마지막 죽음의 순간까지 안타까워했다. 부친 또한 이를 천추의 한으로 여겨 무언가 보공(報公)의 정성을 다하고자 이번에 다음과 같은 거액의 사재를 기부하였다. 전장의 꽃으로 사라지지 않더라도 이러한 성심은 분명 하늘에도 통할 것이다. 실로 기특한 행위라고 할 수 있다.

| | |
|---|---|
| 금 천 원 | 제6예후비역 장교단 |
| 금 오백 원 | 재향군인 용산분회 |

| | |
|---|---|
| 금 백 원 | 본정 1정목 청년회 |
| 금 백 원 | 불교 자제(慈濟)병원 |
| 금 삼백 팔십 사원 | 대념사(大念寺) |

# 지도원의 미거

경기도 진위군 농사훈련소 지도원
야나기자와 시치로(柳澤七郎)

위의 사람은 앞서 기술한 훈련소의 지도원으로 주로 생도의 훈련과 농사 개량에 힘쓰며 근무하는 독신자인데, 지나사변이 발발하자 출정 장병에 대해 깊이 생각하다가, 지난 12월 9일 위문금으로서 금 2원을 헌금하였다. 또한 지난 12월 22일 관할 팽성(彭城)경찰관 주재소를 방문하여 '이 금액은 약소하지만 조선에서 출정하는 장병들의 위문금으로 송금하고자 의뢰합니다'라고 하며 금 3원을 헌금하였다.

# 일반 남자(조선인)의 부部

## 보리를 매각하여 국방헌금으로[13]

전라남도 구례군 광의면 지천리 신○○은 논 다섯 마지기를 소작하여 가족 7명이 생활하는 곤란한 처지이지만, 8월 12일 식량 보리를 매각한 돈 금 3원을 국방헌금으로 관할 광의면 주재소에 지참하고 와서, '제가 오늘날 아무런 불안 없이 생활을 할 수 있는 것은 일본국민이기 때문입니다. 평소에 늘 감사하는 마음이 있었습니다만 국은에 보답할 길이 없는 것이 유감스러워 견딜 수가 없었습니다. 이번 사변에 더운 북만주에 출정한 병사 분들을 생각하면 가만히 있을 수가 없습니다. 이는 적은 돈이지만 헌금에 보태 주십시오'라고 청했다.

13) 원문에는 제목이 누락되었으나 역자가 임의로 붙임.

# 혈서로 출정군인을 격려하다

충청북도 보은군 회남면 용호리 312
농업 이○○

위 사람은 위 마을에서 이번 사변으로 출정한 나카무라 시즈오(中村靜男)에게 보낼 혈서에 센닌바리(千人針)[14] 및 담배, 인단, 향수를 더해 격려문과 함께 관할 보은경찰서에 기탁했다.

〈격려문〉(원문 그대로)

충용(忠勇, 피로 씀)

갑자기 일어난 일지(日支) 전쟁을 맞이하여 정이(征夷)[15]의 길에 나설 줄은 꿈에도 생각하지 못하여 특별 후원 및 축하 행사에도 나가지 못한 것이 몹시 아쉽습니다.

천황을 위해 일억만 우리 민중의 행복을 위해 출진하는 일은 남자로서 누구나 열망하는 일이니 아마 환희의 절정에 달했을 것이라 생각합니다. 그러나 가장 사랑하는 부모형제와 처자식, 서로 믿는 친구와 이 세상에서 마지막 이별이라고 생각하면 생각할수록 남몰래 눈물이 날 것 같습니다. 보내는 사람들의 모습을 보고 재미있어서 그러는지 기뻐서 그러는지 웃음을 지었던

14) 식민지시기 출정 병사의 무운을 빌어 천 명의 여자가 한 땀씩, 붉은 실로 천에 매듭을 놓아서 보낸 배두렁이 따위.

15) 오랑캐를 무찌름.

쇼(昭, 출정자 나카무라 시즈오의 장남 쇼이치로[昭一郎]). 안고 있는 부모의 마음도 모르고 생긋 웃는 그 모습을 당연하다고 여기고 남몰래 눈물 흘리며 한 걸음 한 걸음 나아가는 모습을 전송하는 우리들은 만세소리와 함께 흐르는 눈물을 금치 못하고 월계관과 함께 개선하실 것을 기도하며 돌아왔습니다. 위문하기 위해 댁을 방문하니 가족 분들께서, '죽어서라도 장한 공훈을 세우라'고 하치만신사(八幡神社)에 비장한 결심을 드러내며 기도하는 모습은 참으로 감동적이었다고밖에 할 수 없습니다. 내 자식이 미워서 그랬겠습니까?

듣는 사람 보는 사람 모두 감격에 겨워 누구나 할 것 없이 공감의 눈물을 글썽였습니다.

황송하게도 메이지천황(明治天皇)께서 지으신 노래가 있습니다.

각자 조금씩 마음 다하려 하는 우리 백성의
힘 그것이야말로 나의 힘이 되누나

해석할 것까지도 없지만 자신의 처지에 맞게 제 역할을 하는 그 힘이 바로 우리 곧 황국의 힘이 될 것이라고 말씀하시는 것입니다. 그러니 우리들에게 정신적으로나 경제적으로나 농업만큼 적당한 직업은 없습니다. 선택한 농업에 정성을 다해 국가사회의 능률증진에 힘쓰고, '비상상황에 있는 일본을 내 어깨에 짊어지고' 열심히 일할 생각입니다. 지나인의 성질은 역사적으로 봐도 그렇고 현대에 발생하는 사건을 단편적으로 봐도 그렇고 대개 어떤 일이 일어났을 때는 광대하고 강하게 저항을 하면 곧 도망을 치는 것으로 보입니다. 그래서 이번 사건도 곧 정전

(停戰)이 될 것이라는 생각도 듭니다만, 신문에서 시시각각 전하는 모습을 보면 곧 정전이 되기는 힘들 것으로 보입니다. 마음은 있지만 아직까지 위문의 글을 드리지 못한 것이 매우 유감스럽습니다.

우리들 2천만 조선 동포들도 제국 일체의 손발에 해당하므로 의용봉공심은 똑같이 가지고 있습니다. 간혹 조선인 중에도 지원병 즉 빛나는 의용심으로 가득한 활동으로 신문지면을 장식하여 조선인 일동으로 하여금 저절로 감화감격의 마음을 일게 하는 이가 있습니다. 저도 앞장서서 전지에 가서 몸 바쳐 충의와 남자의 진면목을 보여주고 싶지만, 그저 미련만 간직하고 있는 것이 고통스럽습니다. '전지에 계신 당신은 총검을 손에 들고, 농촌에 있는 저는 삽을 들고 있는' 이 모습을 보면, 분업적 활동이 오히려 군국(君國)에 보답하기에 좋은 것이라 생각됩니다. 그야 완급(緩急)이 있는 사정을 생각하면 실례가 되겠지만, 우리들도 마지막 군인의 한 사람이 되어 활동할 생각입니다. 배두렁이에 놓은 호랑이 자수는 무운장구의 호운(好運)을 빌기에 족한 것으로, 호랑이는 성질이 거칠고 민첩하여 총에 잘 맞지 않고 총을 맞으면 상대를 물어 죽이는 강인한 동물입니다. 그렇기 때문에 호랑이라 쓰고, 산벚꽃이 지는 것처럼 깨끗이 일본혼을 구현하는 활동으로 영구히 무위를 전 세계에 빛나게 해 주십사 하는 희망의 의미로, 솜씨는 없지만 수를 놓아 만든 것입니다. 국기인 히노마루(日の丸)와 글의 처음과 끝에 덧붙인 충용의열(忠勇義烈)은 피로 쓴 것이므로 정신적으로 고귀한 것이라 생각하고 받아 주십시오. 당신의 손으로 만든 테이블 앞에 앉을 때면 더 한층 마음을 굳건히 하는 바입니다. 전장에서 경황이 없을 텐데

장문의 글을 써서 죄송합니다. 위문주머니에 인단과 담배와 향수를 넣었으니 잘 부탁드립니다.

8월 13일 의열(혈서) 이○○

나카무라 시즈오 귀하

## 혈서의 종군지원

경상북도 김천군 김천읍 성내정(城內町) 평화양복점 이○○(당년 26세)는 향리 보통학교 졸업 후 1930년 내지로 도항하여 구루메시(久留米市)에서 모 양복점 점원으로 일하고 있었다. 그때 만 2년에 걸쳐 청년훈련소에 입소하여 훈련을 받은 사실이 있는데, 군사도시인 구루메의 기풍을 체득하여 1932년 귀선(歸鮮)한 후에도 견실한 청년으로서 향당의 모범이 되었다. 그런데 이번 지나사변이 발발하여 수많은 황군이 출정하는 것을 보고는 잠재해 있던 의용봉공의 정신이 발로하여 어떤 방법으로든 봉공을 하겠다고 결의했다. 그러나 조선인이기 때문에 쉽게 제일선에 출동할 수 없는 것을 유감으로 생각하고 지난 달 8일 당서를 방문하여 혈서로 아래와 같은 군지원서를 제출함으로써, 정신은 충분히 갖추었음에도 불구하고 수속이 지난하다는 뜻을 호소하였다.

〈지원서〉

북지나의 풍운 마침내 위급을 고하고 있는 오늘날, 제국신민의 일원인 우리 조선인은 의무병제가 아니라서 징용이 되지 못하고 있는 것이 참으로 유감스럽습니다. 국가 비상시에 즈음하여 가만히 보고만 있는 것은 도저히 견딜 수 없는 바입니다. 이에 바라건대 저는 의용병에 지원을 하니 부디 채용해 주시기를 부탁드립니다. 나라를 위해 기꺼이 목숨을 바치고 군국(君國)을 위해 일할 수 있게 해 주시기 바랍니다.

# 조선출동부대 위문으로 송금 부탁16)

전라남도 함평 해보면 대창리이○○

위 사람은 8월 25일 함평경찰서에 10원을 제출하고 조선출동부대 위문으로 송금을 신청하기에 그 동기를 내사하니, 아래와 같아 추천하기에 충분하다고 인정한다.

〈헌금의 동기〉

본인은 최근 비상시국의 중대성을 인식함과 동시에 출정 병사의 노고를 짐작하여, 늘 처자에게도 전하여 애국부인회원이 모집하는 위문주머니의 수합 등 헌신적 노력을 기울여 왔습니다만, 그에 더하여 금 10원을 출동병사 위문을 위해 제출하니 송부를 부탁드립니다.

이에 참으로 추천하기에 충분하다고 인정한다.

16) 원문에는 제목이 누락되었으나 역자가 임의로 붙임.

# 형제 일동이 적성 국방헌금

충청북도 제천군 백운면
농업 최○○·학생 최○○

위 사람은 강원도 경계 산간부락(문화수준이 매우 낮은 지방)에 거주하는 자이다. 그는 재삼에 걸친 군, 면 당국의 시국 강연에 의해 이번 사변에 대한 제국의 입장 및 총후의 책무를 깨닫고 감격한 나머지 면민에 앞장서서 장병위문을 하기 위해 금 백 원을 염출하였다. 또한 거주 지역 부락민들에게 현시국의 중대함에 대해 총후 국민의 마음가짐을 역설하여 시국을 인식시키는 등 실로 총후 국민으로서 감격을 주었다.

또한 동생인 학생 최○○은 여름휴가를 마치고 충주농업학교로 향했지만, 자동차가 만원이었기 때문에 이렇게 더운데도 어쩔 수 없이 걸어가게 되었다. 다행히 통과(대절)하던 자동차로 목적지인 충주에 도착할 수 있었다. 그리하여 요금을 지불하고자 하나 운전수는 학생이 걸어가는 것을 딱하게 생각하여 승차시켜 준 것이라며 요금을 받지 않았다. 이에 학생은 바로 요금에 상당하는 금 2원을 거주지 주재소를 거쳐 헌금했다.

위 두 사람은 당국을 감격시켰다.

# 시국에 감격한 농촌 청년의 헌금

충청북도 진천군 만승면 승현리
막노동자 임○○

위 사람은 동일 부락 내에 거주하는 극빈자로 면당국의 구제 사업에 취로하여 겨우 그날그날 입에 풀칠을 하는 상태이다. 그러나 본인은 이번 사변을 맞이하여 동리를 지나는 육군기 한 대가 출정 도중 악천후를 만나 불시착했을 때 탑승자의 늠름한 모습을 실제로 보고 감동하여 총후의 애국열이 타오르게 되었다. 그리하여 생활이 곤궁한 가운데에도 영세한 금전 합계 금 1원 17전을 모아 8월 8일 관할 경찰서에 출두하여, '우리는 다른 사람들처럼 많은 돈을 낼 수는 없지만 우리들의 진정한 마음의 표시라 생각하고 비행기 나사 값이라도 하라'며 성심을 담아 헌금을 기탁했다. 금액은 매우 영세하지만 그 마음은 참으로 감복할 만한 것이어서 일반에게 큰 감동을 주었다.

# 애국열이 넘쳐 조선인 청년이 군인으로 지원

충청북도 진천군 초재면 화산리
농업 황○○

위 사람은 위 곳에서 농업에 정진하며 농촌진흥을 위한 각종 시설에 대해 솔선하여 타의 모범이 되는 활동을 함으로써, 중견의 모범청년으로서 부락의 개선에 분주한 자이다.

그런데 지나사변이 발발하여 많은 사람들이 출정하는 것을 우연히 보게 되었고 또 그에 더해 지나병사의 난폭하기 짝이 없는 행위에 대해 통탄의 마음이 일었다. 그리하여 마침내 8월 13일 관할 경찰관 주재소에 출두하여, '저는 징병의 의무가 없기 때문에 제일선에 나아가 나라를 위해 일을 할 수는 없지만, 의용군으로 꼭 북지나에 출정할 수 있도록 주선해 주셨으면 좋겠습니다'라고 설득하며 부탁했다.

결국 억누르기 힘든 정열의 적성을 단념하고 물러나기는 했지만, 이렇게 농촌청년이 초비상시국에 대한 인식을 드러내어 당국을 감격하게 했다.

# 점심을 거르고 국방헌금을

충청북도 이월면 사곡리
김○○

위 사람은 8월 10일까지 20일 동안 군내 장양보통학교에서 주최한 중견청년 강습회를 수강하던 중, 이번 기회를 이용하여 어떻게든 헌금을 하고 싶다고 발의하였다. 그리하여 일동과 협의하여 며칠 간 점심을 거르는 극기를 실천하여 그 금액을 헌금하기로 결정하였다. 그리고 마지막 날인 8월 20일에 모인 돈 5원 60전을 진천경찰서 접수대에 지참하고 와서 대략 위 사정을 이야기하고 헌금을 의뢰한 후 떠났다.

# 조선인 안마사의 적성

전라북도 군산부 청산정(靑山町) 5
안마업 정○○

위 사람은 맹인이지만 7월 말일 어린 아이의 손에 이끌려 경찰서 헌금 창구에 와서, 아주 적은 돈이지만 이것은 매일매일 안마를 해서 번 돈이라며 금 2원을 냈다. 동시에, '이렇게 불편한 몸으로 하루하루 안락하게 지낼 수 있다니 참으로 고마운 나라에 태어났습니다. 이 역시 모두 천황폐하의 덕분이니 기쁩니다. 한 번에 많은 돈을 낼 수 없기 때문에 앞으로 사변이 계속되는 한 매달 조금씩이라도 절약을 해서 가지고 올 테니 귀찮겠지만 헌금 수속을 해 주세요'라고 하여 일동을 감격시켰다. 그리고 자신이 말한 대로 불편한 몸으로 어린아이의 손에 이끌려 8월에도 금 2원을 내고 헌금 수속을 해 달라고 제출했다. 실로 국방을 생각하고 황군의 분투를 생각하며 총후를 후원하는 마음이 얼마나 큰지 경찰관을 크게 감동시켰다.

# 퇴근 후 살수(撒水) 작업으로 헌금[17]

상동 김○○전라북도 군산부 전주로
이바야시(井林) 통가게(桶屋) 제자 박○○
무라타(村田) 목공장 제자 이○○

위 3인은 아직 20세 미만의 청년이지만 이번 지나사변 발발을 맞이하여 시국의 중대함을 돌아보고 북지나 및 상하이(上海) 방면에서 분투하는 황군병사를 위문하고자 하였다. 그러나 제자의 신분으로 어쩔 수 없다고 생각한 3인은 매일 밤 8시 반, 일이 끝나고서야 자신의 몸이 된 것을 기회로 다른 사람들이 놀고 있을 동안 도로나 가정에 물을 뿌려 1전, 2전 보수를 모았다. 혹서기를 전후로 20일이나 걸려 번 돈을 튼튼한 수제 헌금상자에 모아 그대로 들고 전지에서 싸우는 병사들에게 보내 달라고 제출했다. 금액은 3원 90전이나 되었는데, 실로 총후의 후원에 방방곡곡 어느 계급 어느 계층이든 동포의 열성이 드러나고 있음을 생각하니 매우 감동을 받는 바이다.

17) 원문에는 제목이 누락되었으나 역자가 임의로 붙임.

# 우편배달부의 헌금

충청북도 청주군 우편배달부
오○○

위 사람은 쉬는 날 없이 그 직분을 지키는 모범집배원이다. 이번 지나사변이 발발하자 자신도 총후 수비의 만분의 일이라도 담당하고 싶다며 평소 박봉을 절약 저축하여 황군 위문금으로 금 10원을 헌납했다.

# 시국을 자각하고 국방헌금

충청북도 청주군 부용면 부강리<br>김○○

본인은 군내 유수의 자산가이지만 공공사업에 좀처럼 투자를 하지 않는 폐단이 있었다. 그러나 시국이 중대해지는 것을 돌아보고 총후국민의 수비를 자각하여 본인 명의로 금 5백 원, 아들 외 가족 명의로 금 3백 원, 합계 8백 원을 관할 경찰관 주재소를 거쳐 국방헌금을 했다.

일부 사람들로부터 불리던 수전노라는 명칭은 사라지고 일반 사람들에게 감격을 주었다.

# 일개 광부의 적성 헌금[18]

경기도 강화군 선원면 냉정리 거주 노○○(당년 50세)은 노인의 몸으로 매일 근처 광산에서 망치질을 하여 하루 7,80전을 벌어 겨우 입에 풀칠을 하는 일개 광부이다. 그는 지나사변이 발발하자 동료로부터 염열지옥과 같은 북지나 벌판에서 분전하며 혁혁한 무훈을 세우는 황군의 활약상을 들을 때마다 가슴이 두근거렸다. 또한 각지의 총후 미담이나 애국 적성에 크게 감격하여 어떻게든 봉공의 적성을 바치고자 넉넉하지 않은 일상생활을 극도로 절약하여 모은 돈에 종래의 영세한 저축 전부를 합쳐 금 10원에 달한 것을 경찰서장을 경유하여 국방헌금을 했다. 이러한 눈물겨운 행위는 일반으로부터 칭송을 받았다.

18) 원문에는 제목이 누락되었으나 역자가 임의로 붙임.

# 청년의 헌금 미담

경기도 강화군 하도면 상방리 김○○는 동지보통학교 졸업 후 농업에 종사하는 18세 청년인데, 아래와 같은 감격스러운 편지에 금 3원을 더해 강화경찰서장에게 헌납을 신청했다.

강화경찰서장님께.

최근 북지사변이 일어나 일본 병사분들은 염열지옥과 같은 북지 벌판에서 분투하고 계신다고 하는데 얼마나 힘이 드실까요. 어제 밭일을 하고 있는데 일본 비행기가 날개에 선명한 일장기를 빛내며 상공을 날고 있었습니다. 참으로 전신의 피가 끓고 근육이 뛰어오르는 느낌이었습니다.

황해를 건너 증오스러운 북지나의 적을 산산이 부숴 버리기 위해, 병사분들은 아마 나라를 위해 일신을 바쳐 일을 하시고 계실 것입니다. 일전에 신문 호외에 지나군 총퇴각, 아군 ○○점령이라는 기사가 난 것을 보고 너무 기뻐 견딜 수가 없었습니다. 저도 어떻게든 나라를 위해 천황을 위해 봉공하여 홍은의 만분의 일이라도 갚고 싶습니다. 만약 군대에 가게 해 주신다면 저도 한 목숨 바쳐 증오스러운 적을 한 명이라도 죽이고 싶은 것이 제

진정한 바램입니다. 그리고 아직 적령기가 되지 못하여 병사가 될 수 없는 것이 무엇보다 한스럽습니다.

이런 염천을 무릅쓰고 포연탄우도 개의치 않고 분투하고 계시는 전지의 병사님들은 얼마가 힘이 들지요. 그것을 생각하면 저희들은 아무래도 가만히 있을 수가 없습니다. 이럴 때야말로 국민 모두가 일어나 일치단결하여 총후 후원에 힘써야 할 것입니다. 동봉한 돈은 참으로 약소하지만 국방비로 헌금하고 싶습니다. 부디 저의 미충한 뜻을 살펴 보내 주십시오.

8월 ○일

김○○

## 봉급의 절반을 헌금

경기도 파평면장 성○○ 씨는 북지사변 발발 이후 시국의 중대성을 깊이 인식하고 부하직원을 독려하여 총후의 임무를 수행하고 있었다. 그러던 중 이번 구장이나 농촌진흥회장 등이 무보수로 일을 하고 있는데 자신만 봉급을 받는 것은 마음이 매우 불편하니 앞으로 사변이 계속되는 한 매월 봉급의 절반을 국방자금으로 헌납하고 싶다며 군에 신청했다. 군에서는 동 씨의 적성에 크게 감격하여 바로 헌납수속을 밟음과 동시에 우선 9개월치분 금 22원 50전을 헌납하게 하였다.

# 하사금을 헌금

평안남도 운산군 북진면 진동
고물상 김○○(당년, 56세)

위 사람은 올 8월 1일 수해에 의해 주택과 가구 약 2천 원을 유실하고 가족과 함께 겨우 목숨을 건진 자로, 그 후 주택도 없이 진동 강가에서 비바람을 피할 수 있는 띠집을 짓고 고물상을 계속하고 있다. 그런데 약 1개월 전 우악(優渥)[19]한 하사금 80전을 하사받고 이번 달에는 북진면에서 금 2원 50전의 부조를 받았다. 또한 현재 수입이 늘어 먹고사는 데 불편함이 없게 되었다. 그러자 이렇게 고마운 금원을 가사에 소비하는 것은 황송스러운 일이다, 목하 우리 군은 전면(全面)에 걸쳐 해륙공으로 용맹스럽게 흉폭한 지나를 응징하고 있는데 이는 감격스러운 일이다, 이 비상시국에 우리들이 안전하게 일을 할 수 있는 것은 모두 황은 덕분이다, 황은의 만분의 일이라도 보답하고 싶다 하며 하사금 및 부조금에 개인 돈을 덧붙여 금 5원을 국방헌금으로 헌납 신청했다. 본인은 수해로 가옥과 가재를 유실하고 비바람만 겨우 피할 수 있는 띠집에 살며 일상생활에 부족함이 많은데도 불구하고 이렇게 헌금을 한 행동은 순전

19) 은혜가 넓고 두터움.

히 황은을 느끼고 나라를 생각하는 진정한 성심에서 나온 것으로 감격하지 않을 수 없다.

## 적성 담긴 맹인들의 헌금

충청북도 단양군 적성면 애곡리
무직 곽○○(당년 41세)

위 사람은 태어나면서부터 맹인으로 집에 아내와 딸 넷이 있는데, 아내 장 씨의 활동(재봉 및 기타 빨래)에 의해 적빈하지만 평화로운 가정생활을 하고 있다. 그런데 우연히 이번 사변 발발과 함께 황군병사들의 행동에 뼈저리게 자극을 받고 감격하여, '나는 태어나면서부터 불구자로 사회에 봉사할 수 있는 기술이 아무것도 없지만 이렇게 안심하고 생계를 유지할 수 있는 것은 황국 일본의 덕분이다'라고, 금 1원을 내며 이는 아내의 노력으로 번 얼마 안 되는 돈이지만 국방헌금으로 쓰게 하고 싶다고 면 당국을 거쳐 헌금했다.

# 자동차 운전사의 종군지원

충청북도 옥천군 옥천면 문정리 450
자동차 운전사 이○○

위 사람은 일찍이 옥천 토목 관할구역에서 근무하고 있었는데, 지나사변이 발발하자 다음과 같이 진심을 피력하고 재빨리 종군에 지원하였다.

나에게는 부모, 형제, 처자 등 모두 10명의 가족이 있는데, 달리 재산이 없지만 오늘날까지 운전사로서 앞에 쓴 바와 같이 근무하며 급여를 받아 생계를 영위하였다. 앞으로 3개월 정도의 가족 생활비는 충분히 준비해 두었으니 3개월간은 무보수의 봉공도 불사하겠다. 조선동포로서 직접 제일선에서 총검을 잡을 방법은 없지만, 다행히 오늘날 나의 기술과 미의(微意)가 있으니 이로써 종군의 원망(願望)을 이룰 수 있으면 죽어도 숙원을 달성하는 것이다.

확고한 신념을 가지고 지원한 사람이라 감격할 따름이다.

# 저금 전부를 국방헌금하다

근무처 내무국 이리(裡里) 토목출장소 군산공영소(群山工營所) 조수
이○○

위의 사람은 1925년 인부로 채용된 이래로 십수 년 동안 정려각근(精勵恪勤)하고 근검절약하여 얻은 적은 임금을 가지고 집안을 일으키고 자녀를 교육시켜 현재 장남을 이리농림학교에 보내고 있어 그 성실하고 정직(實直)한 행동이 감탄할 만하다. 그런데 이번 지나사변이 발발하자 신문과 라디오를 통해 시국을 인식하고 여가 시간이 있을 때마다 고용된 인부에게 시국이 중대하다는 것을 주창, 고취하는데 힘썼다. 오늘날 자신이 안락하게 지낼 수 있는 것은 첫째로 국가의 위광 덕분이라 감사해하며, 11월 3일 메이지절(明治節)[20]의 길일을 맞아 자신의 신념을 피력하고 평소에 저축해 둔 저금의 거의 대부분을 인출하여 국방헌금으로 금 백 원을 헌납하였다. 이처럼 오랜 세월에 걸쳐 저금한 하나하나의 노고의 결정(結晶)을 헌금하니 그 적성은 일반인에게 상당한 격찬을 받았다.

20) 1927년 메이지 천황의 탄생일을 기념해서 제정된 일본의 휴일. 1948년 '문화의 날(文化の日)'로 바뀌어 문화훈장을 수여하는 등의 행사를 하고 있다.

# 풍작을 흉작으로

충청북도 단양군 대강면 금곡리
안○○

위의 사람은 소작농으로 빈곤한 생활을 하지만 시국을 깊이 인식하여 폭염에도 불구하고 분투하고 있는 황군장병의 노고에 감사함과 동시에 국민의 일원으로서 국방의 일단을 부담해야 한다고 생각했지만 적빈(赤貧)하여 뜻을 이룰 수 없음을 유감으로 여겼다. 그런데 올해는 예상 이상의 보리수확을 거두어 이를 작년과 마찬가지로 흉작이라고 생각하고 그 여분을 매각하여 번 돈 10원을 지참하여 해당 주재소로 출두하였다. '이 적은 금액을 조선방공기재비로서 헌금하고 싶사오니 잘 부탁합니다'라며 헌금을 신청하니, 적빈의 몸이지만 불타오르는 적성은 일반 식자들 사이에 적지 않은 감동을 주었다.

## 청년단원 감사관을 열망

충청남도 연기군 금남면 진흥청년단에서는 8월 28일 총회개최를 기회로 대평리의 방공감시소를 견학하였다. 단원 24명은 자발적으로 각지에 있는 감시소의 임무를 담당하고자 열망하여 이로써 9월 1일부터 장날마다(네 반으로 나누어 교대) 감시의 근무에 임하게 되었다.

## 젊은이를 능가하는 의기와 헌금

충청남도 예산군 신양면 일사리 윤○○(당시 63세)은 현재 경성부 신촌정에서 일가를 이루어 항상 경성과 고향을 왕래하고 있었는데, 지난 7월 지나사변이 발발하여 경성역에서 출정군인의 환송영을 해야 하는 상황이 되자 60세 이상의 동지 9명을 모아 젊은이도 하지 못하는 기세로 환송영을 하여 일반 민중에게 큰 감동을 주었다. 이번에 용무가 있어 고향으로 간 윤 씨는 신문지상에서 황군의 노고와 장병의 수송상황 등을 목격하고 애가 타서 가만히 있을 수 없어, 9월 17일 오전 7시 이른 아침 예산군청으로 등청하여 국방헌금으로서 벼 2백 석(시가 3천 원)을 헌납하여 일반 관민을 감격시켰다.

## 시국강연에 감격하여 1천 원 투척(1)

충청남도 공주군 소재 현 도회의원으로 이○○이라는 사람이 있는데, 지나사변이 발발하자 응소하는 군인의 출정과 신문으로 접하는 시국에 대해 상당히 깊은 감명을 받았다. 그리하여 솔선하여 금 1천 원을 헌금하니 일반 민중 사이에서 이 사람에 대한 인망이 높아져 다른 사람들 중에서도 헌금하는 사람이 속출하게 되었다.

# 시국강연에 감격하여 1천 원 투척(2)

충청남도 공주군 소재 현 도회의원으로 김○○이라는 사람이 있는데, 지난 7월 22일 중추원 참의원인 한규복(韓圭復) 씨[21]의 시국에 대한 강연에 감격하여 스스로 청중을 대표하여 감사의 뜻을 말하고, 동시에 솔선하여 금 천 원을 헌납하겠다는 계획을 신청하였다. 일반 청중에게 한층 감동을 준 것은 물론 이 사람에 대한 지방민의 인망도 높아졌다.

---

21) 한규복(韓圭復, 1875.7~1967.9). 1899년 관비장학생으로 일본 유학. 대한제국의 관료, 통역관, 서예가이자 일제 강점기의 관료로 조선총독부 중추원 참의를 지냄. 본관은 청주이고 호는 온재(溫齋)이다.

# 시국강연에 감격하여 1천 원 투척(3)

충청남도 서천군 서천면 군사리
나○○

위의 사람은 본부 순회 강연반의 유진순,[22] 현영섭[23] 두 사람의 시국에 대한 강연을 듣고 시국의 인식이 강해져서 감동의 눈물을 흘리면서 '황군의 연승을 듣고 이에 감사해 마지않으며 이 나라를 위해 목숨을 바쳐 멸사봉공하고자 하는 출정군인에 감격할 따름이다. 목숨은 돈으로 바꿀 수 없는 것인데 지나사변 이후 실로 수많은 사람이 목숨을 희생하니, 불초 조선인으로서 미미하지만 출정군인 가족의 위문금과 애국기(愛國機) 충남호(忠南號) 건조금에 충당하고자 한다'라고 하며 금 1천 원을 갹출하였다. 더욱이 이 사람은 이전에 서천군에서 출정군인을 배웅한 후 2백 원을 헌금하였으니 실로 모범이 될 만한 인물이다.

22) 유진순(劉鎭淳, 일본식 이름은 玉川鎭淳, 1881~1945.12.10)은 일제강점기 관료로, 조선총독부 중추원 참의를 지냈다. '국민총력조선연맹', '흥아보국단', '조선임전보국단' 등 전쟁을 지원하기 위한 단체에서 활약하였다.

23) 현영섭(玄永燮, 일본식 이름은 天野道夫, 1906~미상)은 일제 강점기 친일 이론가로 본명은 현영남(玄永男). 경성제일고등보통학교와 경성제국대학을 졸업한 수재. 1930년대 중반 무정부주의운동으로 투옥되었다가 출소한 후, 조선어 전폐론을 주장하며 녹기연맹에 기용됨. '국민정신총동원조선연맹', '황도학회' 등에서 활약. 논설집에 「조선인이 나아가야 할 길」, 「신생조선의 출발」이 있다.

## 내선일체의 실적 향상

10월 ○○일 보병 제○○연대로 응소한 경기도 개풍군 북하 여현리 659에 거주하는 후비역 보병 일등병 나라자키 니이치(楢崎二一)는 종래 여현리역 앞의 우에다(上田) 석회공장에서 제조한 석회를 거래하고 그 매상에서 월 평균 약 50원 정도를 떼어 부인과 1남 3녀의 자식과 누이동생, 6명을 부양해 왔다. 원래 재산이 없고 의지할 친척이 없기 때문에 본인이 응소하면 일가의 생계가 끊겨서 살아갈 방법이 없어 군사부조(軍事扶助)를 신청하였다. 주변 이웃들도 이 가정을 중심으로 동정하여 이곳 진흥회장은 북하 각 리의 진흥회장 등과 상의하여 생활필수품인 쌀을 공급하기로 협의, 결정하여 그 뜻을 관할 주재소에 신청하였다. 쌀은 군사부조를 청구하였기 때문에 당분간 공여가 미루어졌지만 10월 30일부터 각 부락 진흥회에서 연료만을 우선 보급받게 되어 현재 실행 중에 있다. 따뜻한 위문을 위해 애쓰는 면민의 미거는 크게 상찬할만 하고 더욱이 내선일체의 향상을 보여주는 한 일례가 되었다.

# 조기청년단의 미거

평안북도 초산군 초산면 성서동 308
농업 김○○(20세)

위의 사람은 작년 공립보통학교를 졸업한 후 성실하게 농업에 종사하다가 지나사변이 발발한 이래 황군의 활동에 깊이 감격하여, 제2국민의 정신적 활동을 촉구함과 동시에 적은 액수이지만 국방헌금을 해야겠다고 생각하였다. 동지와 협의하여 조기청년단을 조직하기로 결정하고 찬성하는 사람 21명이 있어 8월 17일 이를 결성하였다. 그 후 매일 아침 오전 3시 기상하여 국기게양, 국가봉창, 황국신민의 서사 제창과 하치만신사(八幡神祠)의 육군묘지를 참배하였다. 1주일에 두 번 하치만신사의 경내를 청소하고 일요일과 그 외에는 쉬는 시간을 이용하여 풀베기, 쑥 뽑기를 하니 이를 매각한 금액이 2원 50전에 달하였다. 그중 1원을 청년단의 제 경비로 충당하고 1원 50전을 국방비로 헌납하자 이에 자극받은 읍내의 각 학교 생도도 각각 조기회를 조직하여 실행하였다. 초산공립보통학교 훈도인 최○○은 이를 적극적으로 지도, 통제하기 위해 지난달 중순부터 매일 아침 참가하고 있다.

## 약장사 행상인의 독행(篤行)

경상북도 문경군, 산북면 대상리 박○○(당시 51세)은 약장사 행상으로 어렵게 입에 풀칠하며 지내고 있었는데, 이번에 지방에서 행상하던 중 다음의 글과 함께 금 3원의 소액환을 첨부하여 국방헌금으로 당국에 송금하였다.

다음의 글(원문 그대로)

삼가 존체 각위 건승하고 사업도 점차 번창하니 이에 축하드립니다. 국방헌금으로 적어도 10원 정도 바쳐야겠지만 약장사로 고생하며 살고 있어 부끄러움을 무릅쓰고 금 3원을 바치오니, 이를 용서하시고 수령하여 주시기를 간절히 바랍니다.

행상처에서 박○○로부터

# 금광주(金鑛主)의 헌금

평안북도 강계군 성천면 외중동 대덕점
대덕금광주 변○○

위 사람은 대덕금광주로서 국어를 전혀 이해하지 못하지만 애국심이 깊었다. 이번 지나사변에 임하여서는 비용을 절약하여 8월 12일 소재지를 출발하여 17리의 길을 머다 않고 다음날 13일 강계에 도착하여 국방헌금으로서 금 5백 원을 강계헌병분대에 납부하였다. 귀가 후에는 고용된 광부에게 시국 인식을 설명하고 부하 노동자 68명으로부터 국방헌금 금 23원 95전을 모아 9월 28일 성간(城干)면장에 송부하였다.

## 구두수선을 해서

평안북도 강계군 강계읍 서부동
구두수선업 조○○

위의 사람은 1930년 본적지 개성부 고려정(高麗町)으로부터 이주해 온 이후, 추위와 더위에 상관없이 길거리로 나가서 구두수선을 하여 힘들게 생계를 유지하고 있었는데, 업무에 열심히 임하고 또 의협심이 넘쳐서 과거 여러 차례 다른 곳에 수해가 나면 그때마다 이재민 구제를 위하여 열성이 담긴 기금을 당국으로 가지고 가는 독지가였다. 이 사람의 일상을 아는 읍민은 그 적성이 담긴 행위에 절찬을 보냈는데, 때마침 이번 지나사변이 발발하자 정작 자신은 맨발로 작업을 하면서 버선을 절약하고 금주와 금연을 하여 저축한 금 4원 50전을 10월 11일 국방헌금으로 강계헌병분대에 기탁했다. 더욱이 출정군인 가족에게 무료로 구두 수선을 주선해 주겠다고 하여 특히 일반인을 감격하게 하였다.

## 거룩한 헌금

1월 8일 경기도 광주군 분원(分院) 경찰관소에 무명으로 국방헌금 17원 60전을 두고 간 사람이 있었는데 주재소에서 조사한 결과 이는 남종면 분원리에 거주하는 김○○, 함○○, 이○○의 세 명의 헌금이라는 것이 밝혀져서 동리 주민들은 그 거룩한 마음에 감동하고 있다.

## 절미하여 헌금

경기도 부천군 대두면 동리 1382에 거주하는 빈농 동○○라는 사람은 황군의 노고를 생각하여 이번 지나사변이 발발한 당일부터 매일 식사 때마다 가족들이 한 수저분의 쌀을 절약하여 매각하여 얻은 대금 5원 93전을 12월 16일 국방헌금으로서 대두 주재소에 기탁하였는데 그 열성에 대해 도민 모두 감동하였다.

# 맹인의 헌금

전라북도 군산부 천산정 5
안마업 정○○

본인은 지나사변이 발발한 7월 이후부터 10월까지 매월 2원씩 국방비나 황군위문금 혹은 가족위문금으로 군산서에 지참하여 기탁하였는데, '저는 안마업으로 수입이 적기 때문에 거액의 헌금은 못하지만 하루하루 생활비를 절약하여 약간이라도 황군의 노고에 보답함과 동시에 총후국민으로서의 책무를 다하겠습니다. 이번 사변이 계속되는 한 이를 실행하겠습니다'라고 말하니 그 적성은 일반 부민을 감동시켰다.

## 운송업자의 적성

경기도 김포군 대관면 대능리의 운송업자 김○○은 이번 지나사변으로 마량(馬糧)인 대맥(大麥) 포장용 가마니의 운반비(대충 계산한 견적액 10원)를 총후국민의 임무의 일단이라도 된다면 좋겠다고 하며 무임으로 운송하였다.

# 감격의 헌금

경상남도 양산군 하북면 전지리
잡화상 이○○

본인은 9월 상순부터 축농증 때문에 부산 초량 영제병원에 입원 치료를 한 후, 10월 10일 퇴원하였다. 입원 중에 부산의 황군 장병 출정상황과 전지 장병의 노고, 총후국민의 활동과 여러 가지 헌금에 관한 미담 등에 감동하여, 거액의 치료비가 필요하고 생활이 부유하지 않음에도 불구하고 집에 돌아오자마자 금 20원을 국방헌금으로 헌납하였다.

# 응소 군인 유가족의 도움

전라북도 금제군 월촌면 제월리
박○○ 외 89명

위의 사람은 1937년 10월 27일 응소 군인 가족인 오모리 스에히토(大森末人)의 논 25마지기의 벼베기를 도와주었다.

# 한 사람이 한 달에 1전 저축하여

전라남도 함평군 신광면 가덕리 41
이○○

위의 사람은 7월 지나사변 이래 시국의 중대함을 인식하고 영세민이지만 가족 8명이 매월 1인 1전씩을 저축하여 11월까지 5개월간 모은 금액 49전을 국방헌금비로서 헌금하였다.

# 군청 직원의 미거

경기도 광주군청에 근무하는 이○○ 씨는 12월 23일 망모(亡母)의 탈상에 임하여 금 10원을 국방헌금으로서 군사후원연맹을 통해 헌납 수속하니, 군청 직원 일동은 이 미거를 칭찬하고 있다.

## 방공 감시초소원의 미거

항시 관제 하에서 비상시의 조선 상공을 보호하기 위해 주야를 가리지 않고 방공감시의 숨은 임무로 노고를 거듭하고 있는 경기도 가평군 ○○면 ○○리의 초소원들은 약간의 보수를 받았는데, 정○○ 씨는 금 4원 50전을, 초○○ 씨는 금 1원을 국방헌금으로 내서 담당자를 감격시켰다. 다음날 관내의 ○○면 ○○리의 감시초소원 남○○ 씨 외 18명도 사례금 전액을 개인이 갖는 것은 떳떳하지 못하다고 하며 반액씩을 갹출하여 금 55원 50전을 국방헌금으로 내서 일반에게 깊은 감명을 주었다.

# 일반 부인(내지인)의 부部

# 아내 역시 애국심으로

경상북도 김천군 지례면 교리
니시우치(西內) 요시에

본인의 남편 니시우치 도모이(西內智猪)는 보병 상등병으로 위 지역에서 농업을 하는 한편 조그만 잡화상을 운영하고 있다가 이번 사변으로 출정을 하게 되었다. 당시 처 요시에는 병상에 있었지만, 남편의 출정을 축하하며 뒷일을 걱정하지 않고 출발하게 했다. 이후 요시에는 소집군인의 아내로서 편안히 보고 있을 수 없어 임신한 몸으로 부지런히 생업에 힘써, 남편과 함께 나라를 위해서 뭔가 해야 한다며 금 8원을 헌금하였다.

# 여급의 팁 헌금

김천읍 금정(錦町) 클럽 식당 여급 5명은 여급의 몸으로 사변 발생 이후 파견병사 송영에 밤낮을 가리지 않고 참가하여 흘러넘치는 적성을 보였다. 아울러 시국이 이러하여 수입이 격감했음에도 불구하고 얼마 안 되는 팁에서 국방비의 일부로 사용하라며 금 7원에 하대(下帶)[24] 30장을 헌납하였다.

24) 남성의 음부를 가리는 천. 훈도시라고도 함.

# 총후 노모의 배려

충청북도 제천군 제천면 읍부리 야마니시 다로(山西太郎)의 친어머니는 현재 향리 오이타현(大分縣) 오이타군(大分郡) 신가와라마치(新河町)에 거주하고 있는데, 최근 본인 앞으로 서신을 보냈다. 이를 보건대 실로 총후노모의 적성 담긴 마음을 알 수 있어 그곳에 거주하는 내선인(內鮮人)들 사이에 적지 않은 감동과 흥분을 주었다.

〈서신 취지 발췌〉

이번 지나사변으로 너희 동년병들은 모두 소집되어 나라를 위해 근무를 하고 있다. (따라서 본인도 당연히 소집될 것이라 생각된다) 너도 하시라도 소집에 응할 수 있도록 준비를 하여 출정을 할 때는 추호의 미련이 없이 출정해야 한다. 어미는 오로지 네게 올 소집명령을 생각하고 있을 뿐이다. 이하 내용 생략.

# 여급도 팁을 쪼개서

전라북도 군산부 강호정 24
요시모토(吉本) 기요코 외 여급 일동

위 여급 일동은 남자로 태어났더라면 이번 지나사변에 꼭 국방의 제일선에서 활약하고 싶었지만, 여자의 몸으로 태어난데다 더구나 남의 집에서 일을 하고 있는 관계상 자유롭지 않았다. 이에 어떻게든 황군 위문의 일부 혹은 국방기재의 일부라도 마련할 수 있도록 헌금을 하기 위해 월급의 일부와 손님에게서 받은 팁 전부, 그리고 화장품 일부를 절약하여 저축한 돈으로 아주 적은 돈이기는 하지만 금 2십 원을 내서 담당자에게 감격을 주었다.

## 일주일에 한 번은 가족 위문에

전라북도 군산부 명치정 1정목 96
사사오카(笹岡) 하루

위 사람은 위 지역에서 음식점을 경영하고 있는데, 북지사변 발발에 따라 ○○사단 관할 하에 동원령이 내리자, 출정군인 가족을 일주일에 한 번은 반드시 방문하여 항상 따뜻하게 위로하고 있어 출정가족이 감동하고 있다. 여름의 염천 하에서 상당히 어려운 일이지만 이 주인공은 위문을 하러 돌아다니는 것을 마치 취미인 양 잘 해내고 있어 일반 사람들이 매우 감동을 받고 있다.

# 아동의 부部

## 이발비를 아껴 헌금[25)]

전라남도 구례역에서 근무하는 가지하라 시게루(梶原茂)의 장남 가지하라 다이텐(梶原大典, 당년 10세)은 이발소에서 이발을 금한 1936년 1월부터 자택에서 이발을 하고 한 달에 20전 하는 이발비를 매달 우편저금하여 3원 60전에 달했다. 그런데 이번 사변으로 역에서 거행한 성대한 환송행사와 교장의 훈화에 감격하고는 저금 3원 60전을 아버지의 승낙을 얻어 인출한 후, 7월 21일 구례경찰서에 출두하여 황군에게 기증신청을 했다.

---

25) 원문에는 제목이 누락되었으나 역자가 임의로 붙임.

## 환송영에 적성을 기울이는 소년

올 여름 사변 발발 이후 오늘날까지 무려 ○○의 군사수송열차를 태양이 작열하는 한낮에도 비가 오는 한밤중에도 꿋꿋하게 이른 아침부터 한 번도 거르지 않고 손수 만든 일장기를 흔들며 목이 쉬도록 군가를 부르는 등 열심히 역 앞에서 환송영하는 소년이 있다. 그는 경산면 삼지동 이○○(당년 16세)이라는 농가의 소년이다. 그는 '병사님들이 푹푹 찌는 더운 기차로 출정을 하는 것을 보면 두 끼 식사도 편안히 할 수 없고, 잠을 잘 수도 없어서 매일 전송을 하는 것입니다'라고 했다. 이에 부근의 많은 학동들도 그의 열성에 감동을 받아 그와 함께 격려의 편지나 성원을 보내며 수많은 군중을 헤치고 경산역 홈을 뛰어다닌다. 그 모습은 환송영하는 인파 속에서 이채를 발해 감탄을 불러일으킨다.

# 어린아이의 붉은 마음

경상북도 김천읍 금정 김천소학교 생도
가키나카 기코(柿中季子)

황군과 병사의 송영은 하루하루 날이 갈수록 점점 더 열렬해져서 역 앞은 입추의 여지가 없는 상태에 이르렀지만, 역두에 나온 사람들 중 국기를 들고 있지 않은 사람들이 많았다. 위 소녀는 그 사실을 깨닫고, 여름방학을 기회로 자택에서 국기를 만들어 7월 25일 및 8월 19일 2회에 걸쳐 역 앞 광장에서 1장에 1전으로 파견병 환송자들에게 판매하였다. 그리고 그 대금 금 88전을 위문금으로 헌금했다. 이 한 소녀의 적성 넘치는 행위는 참으로 국민의 모범으로 칭송을 받고 있다.

# 붉은 땀의 위문금

김천공립보통학교 아동의 행상

위 학교는 이전에 동원령이 내렸을 때 읍내 소집병사에게 아동 일동이 축하기를 보내 일반을 감동시켰다. 그런데 동교 제6학년 일동은 어떤 방법으로든 황군을 위문해야 한다며 교장 승인을 얻어 한 조에 3명 내지 4명의 행상반 10조를 편성하여 상점에서 일용품을 떼다가 시장에서 이틀간 행상을 했다. 그렇게 해서 번 이익금 금 32원을 황군위문금으로 헌금하여 일반의 칭송을 받았다.

# 어린아이의 적심(赤心)

김천읍 대화정
다나카 도미코(田中富美子)·다나카 사카에(田中榮)

도미코는 김천여학교 1학년이다. 그녀는 황군파견병의 노고를 위로하고자 동생 사카에(당년 8세)와 함께 일찍이 용돈을 저축한 돈 금 1엔으로 매점에서 사과를 사 그것을 행상판매해서 번 돈 금 1원 35전을 황군위문금으로 헌금하였다.

# 보통학교 아동의 사방(砂防) 헌금

보통학교 교원이나 주재원들의 시국강연을 듣고, 지나사변을 맞이하여 보여준 군인들의 한없는 충성에 대한 애국미담에 감격한 생도 일동은 사방노역(砂防勞役)에 복무하여 애국헌금을 하고 싶다는 뜻을 교장에게 이야기했다. 교장은 사방주임과 교섭한 후, 점심을 지참하고 노역에 복무하여 번 임금 전부를 아래와 같이 헌금했다.

〈아래〉

| | |
|---|---|
| 일금 18원 80전 | 금릉(金陵)보통학교 3, 4, 5학년 일동 |
| 일금 18원 69전 | 위량(位良)보통학교 생도 일동 |
| 일금 15원 | 아포(牙浦)보통학교 5, 6학년 일동 |
| 일금 12원 15전 | 개후(開厚)보통학교 생도 46명 |

# 여생도의 센닌바리(千人針)

김천 금릉보통학교 5,6학년
여생도 일동

위 여생도들은 김천역을 통과하는 출동군대 상황을 눈앞에서 보고, 여자이지만 보국의 정신이 일었다. 그리하여 이국에서 제국의 생명선을 지키는 황군의 무운장구를 빌고자 일동 서로 의논하여 4명씩 몇 개의 조를 편성하여 각호를 돌아다니며 적성의 바느질 한 땀씩을 구했다. 그렇게 해서 며칠 만에 센닌바리 10개를 만들어 8월 15일 출정황군에게 증정할 것을 의뢰하여, 향군분회장을 거쳐 수송지휘관에게 증정했다. 반도의 어린 여자들의 이러한 적성은 일반의 칭송을 받고 있다.

## 홍안(紅顔) 소년의 적성

충북 제천군 제천면 공립보통학교
소학교 4학년 아키모리 가즈오(秋森和夫)

본인은 어떻게든 북지나 파견 황군을 위로하고자 생각한 끝에, 마침 자신에게 적당한 일(신문배달)을 찾아 이번 달 20일 임금계산일까지 금 60전의 배달료를 벌었다. 그 즉시 60전을 가지고 제천경찰서 접수를 찾아 얼마 안 되는 돈이지만 내가 내 힘으로 번 돈이니 부디 황군 위문의 일부에 더해 달라며 내밀었다.

이로써 그 자리에 있던 경찰서 직원은 물론 그 이야기를 전해들은 일반 부락민들에게도 큰 감동을 주었다.

전북 옥구(沃溝)군 대야면 공립보통학교
제6학년 일동

위 생도 48명 일동은 여름방학이 되기를 기다려 모두 모여, 지나사변 발발을 당하여 시국이 중대하니 우리들도 방관하고 있을 수는 없다, 뭔가 방법을 강구하여 국가에 공헌하고 싶다며 우리 6학년 생도를 꼭 써 달라고 탄원했다. 그리하여 감독이 바로 학교 당국에게 물어보니 학교당국에서는 아무런 지시도 하지 않았으며 6

학년 생도일동이 자발적으로 독단적으로 모여 발의한 행위로 판명되었다. 이에 감독도 매우 감격하여 바로 땅고르기에 사용하였는데, 매우 좋은 성과를 거두어 그 대가로 금 13원 90전을 주었다. 그것을 모두 국방헌금으로 내니 참으로 감동할 만하다.

전북 군산 공립심상고등소학교

위 학교 생도 가토 에미코(加藤惠美子), 히구마 도모코(日隈智子) 두 명은 땀투성이가 되어 국방기재 구입비 일부에 충당해 달라며 돈을 들고 와서, '일전에 경찰서장님의 말씀을 듣고 국방기재가 필요하다는 사실과 황군이 북지나에서 분투하고 있다는 사실을 알았습니다. 그래서 방학을 이용하여 학용품 기타 여러 가지 물품을 더운 낮에 점심도 먹지 않고 밤이 될 때까지 각 가정이나 시중에서 팔아 하루 몇 전씩 남긴 이익을 저축한 돈입니다'라고 내밀며 수속해 달라고 했다. 가사를 돕고 공부를 하는 틈틈이 용케도 이렇게나 많이 저축을 했다는데 경의를 표하는 바이며, 이렇게 소국민인 소학생에게 국방이라는 것이 깊이 인식되어 사변 발발 십 수 일 만에 누구보다 먼저 헌금을 한 것에 대해 일동 감격하고 있는 바이다.

경기도 연천공립보통학교
김○○·김○○·박○○·김○○·오○○

위 다섯 명은 5학년에 진급했을 때 졸업 후의 기념으로 학교에 기부할 자금에 일조하기 위해 매주 5원씩 다섯 명 공동으로 예금을 했다. 그런데 이번 지나사변 발생을 보고 이 기회에 황군위문 및 국방헌금으로 쓰게 해 달라며 예금액 3원 59전을 동교 차석 고니시(小西) 훈도(訓導)에게 헌금 의뢰하였다.

# 아동의 마음에 비친 지나사변

경상북도 성주군 지사공립보통학교 3, 4학년생 아동 일동은 이번 북지사변에 관해 아래와 같은 감격문에 국방헌금 15원을 더해 수속을 완료했다. 본 사변이 아동들의 마음에 어떻게 비쳤는지 일단을 엿볼 수 있어 눈물이 나오려 한다.

아래(원문 그대로)

노구교사건(蘆溝橋事件)[26]이 일어난 날부터 험악해진 일지관계를 선생님으로부터 몇 번이나 들었을까요.

들을 때마다 폭려(暴戾)를 그칠 줄 모르는 지나군의 무법 행동에 대해 우리는 불 같이 타오르는 분격을 느끼지 않을 수 없습니다.

특히 통주(通州)의 방인 학살사건에 대해서는 저절로 비분의 눈물이 납니다. 귀축과 같은 지나군의 행동이 동양역사의 한 페이지를 더럽힌 것도 우리들의 큰 슬픔으로 견딜 수가 없습니다.

정의의 사랑에 타오르며 이 귀축의 군대를 쳐서 동양평화를 위해 이미 50일간이나 밤낮을 가리지 않고 불면불휴(不眠不休)로 목숨을 바쳐 일하고 계시는 용감한 황군 분들께, 저희들은 어떻

26) 1937년 일본・중국 양국 군대가 노구교에서 충돌하여 중일전쟁(=북지사변)의 발단이 된 사건.

게 감사의 인사를 드려야 할지 모르겠습니다. 철도연선이 아닌 시골학교에 있는 저희들은 병사 분들을 볼 수조차 없습니다.

이에 저희 3, 4학년 남자 69명이 국방작업으로 흙을 운반해서 번 돈 15원이 있는데, 약소하지만 저희들의 진심이라 생각하고 국방헌금으로 내고 싶으니 받아주십시오.

1927년 8월 28일
아동대표 김○○

# 피로 물든 일장기 헌납

전라남도 함평군 손불면 동암리
계주공립보통학교 6학년 김○○

위 사람은 동교 반장으로 성적이 양호한데, 지난 9월 10일 교실에서 담임교직원 배 훈도로부터 본도 내 각지 미담미거에 대해 듣고 매우 감격했다. 같은 날 방과 후 귀가하여 밤에 자택 제실(齊室)에서 연습을 하던 중 작은 칼로 왼쪽 새끼손가락을 베여 피가 조금 나왔다. 그러자 부엌에 가서 식칼을 가지고 와서 눈을 감고 새끼손가락을 더 잘라 약 1홉의 피를 받아 조선종이에 일장기 한 장을 그렸다. 또한 혈서로 격려문을 작성하여 다음날 오전 8시 위 훈도에게, 제일선에서 국가를 위해 진력하고 계시는 황군에게 보내달라고 했다. 격찬할 만한 일이라 인정된다.

# 행상으로 번 돈을 헌금하다

경남 진주군 평거(平居) 공립보통학교

위 학교의 학우단(學友團)은 아래와 같은 서면에 금 5원 98전을 더해 진주군 군사후원연맹에 국방헌금을 의뢰하러 왔다.

— 아래 —

이 돈은 우리 어린이들이 선생님께 빌린 여러 가지 물건을 행상으로 팔아 번 돈입니다. 가난한 저희들은 많은 돈은 낼 수가 없습니다. 하지만 저희들은 가만히 있을 수 없습니다.

저희들은 아직 더 일을 해서 돈을 벌고 싶습니다. 부디 약소하지만 이 돈을 병사 분들께 보내 위로해 주세요.

# 가마니를 짜서 헌금[27)]

경기도 이천 공립농업실수학교

위 학교 학생들은 선생님의 강화 및 기타 신문기사로 황군의 노고와 각지 헌금미담 등에 깊이 감격하였다. 그리하여 어느 날 생도 일동이 모여 의논해서 가마니를 짜서 헌금을 하기로 결의하고 7월 20일부터 3일간 꼬박 가마니 짜기 작업에 종사하여 그 제품을 매각한 대금 8원 61전을 국방헌금했다.

27) 원문에는 제목이 누락되었으나 역자가 임의로 붙임.

# 군마용 건초 채취로 번 돈을 헌금[28)]

경기도 시흥군 노온사리 간이학교

위 학교 아동 51명은 동교 훈도에게서 시국에 대한 훈화를 듣고 또 부형들이 총후 후원을 위해 뭔가 해야 한다고 협의하는 것을 목격했다. 이에 감격한 아동 일동은 부형에게 부담을 주지 않고 자력으로 군사후원의 지성을 보여주고 싶다고 의논하여 훈도의 허락을 받은 후, 9월 10일부터 동월 21일까지 매일 통학을 하는 틈틈이 여가를 이용하여 군마용 건초를 채취하여 조제했다. 그 무게는 550킬로미터에 달했는데, 51명의 아동은 9월 21일 일제히 이 건초를 각자 지게에 지고 30리 반의 거리를 걸어서 용산육군창고까지 운반하여 매각했다 그 결과 번 금 10원 2전을 즉시 조선군사령부 애국부에 헌금했다.

28) 원문에는 제목이 누락되었으나 역자가 임의로 붙임.

## 염천하에서 행상으로 번 돈을 헌금[29)]

충북 단양군 대강(大崗) 공립보통학교

위 학교 3학년 김○○은 지난 9월 2일 담임선생님에게 '이 돈은 얼마 되지 않지만 부디 지나에서 일하고 계시는 병사 분들께 보내주세요'라며 금 42전을 내밀었다. 그 내용을 조사해보니, 처음에 계곡에서 물고기를 잡아 5전을 벌었고 그것을 자본으로 복숭아를 매입, 매각해서 18전의 이익을 내었으며 다시 23전으로 참외를 사서 이것을 지나가는 사람들에게 팔아 25전의 이익을 냈다. 그리고 이번에는 48전으로 옥수수를 사서 이것을 약 1주일동안 염천 하에서 더위와 싸우며 팔아 87전을 벌었다. 그런데 본인의 가정은 극빈하여 수업료도 제대로 내지 못하는 처지이므로 그중 45전은 7, 8월분의 미납 수업료로 충당하고 잔액 전부를 헌금했다. 금액은 적지만 이 42전이야말로 땀의 결정체로 부자의 만 개의 등보다 더 밝은 한 개의 등불이 되어 일반에게 큰 감격을 주었다.

29) 원문에는 제목이 누락되었으나 역자가 임의로 붙임.

# 소국민의 적성

평안북도 영변군 오리공립보통학교 생도

지나사변의 발발과 함께 그 중대성과 총후국민의 각오에 대한 교장 박○○의 훈화에 감격한 전교 생도가 자발적으로 학용품을 절약하고 여름방학 동안 땔나무를 해서 번 돈, 금 5원 7전을 국방비로 충당하기 위해 박 교장을 통해 9월 1일 헌금하니, 지방민은 소국민의 적성에 크게 감격하였다.

# 소학교의 아동이 천인력(千人力)[30]을 보내다

목포소학교 생도
사사키 시즈오(佐々木靜雄) 외 5명

위의 생도들은 소집된 우레시노 이와오(嬉野嚴) 씨의 무운장구를 위해 적은 용돈으로 흰 천을 구입하여 천인력을 기재하기 위해 부내 각 방면을 방문하니 소학교 아동의 기특한 미거에 대해 부민은 감격하였다.

30) 한 장의 천에 천 명의 남자가 '력(力)'이라 써서 무운장구(武運長久)를 기원하여 출정 병사에게 보낸 것.

# 도로 부역(賦役)으로 헌금(1)

평안북도 초산군 초산면 앙토동 신도장
초산 공립보통학교 생도
6학년 김○○·김○○·안○○
5학년 김○○·4학년 이○○·최○○·3학년 김○○

위의 생도들은 시국 강연 혹은 교사의 훈화를 듣고 조선 청소년의 국방헌금이 속출하는 것에 자극 받았지만 가정이 빈곤하여, 학교의 여가를 이용하여 근로해서 헌금하겠다고 결심하고 일할 곳을 찾던 중, 의혜선(義惠線) 2등 도로의 부역으로 수리공사(修理工事)를 할 때 집안일로 출역하지 못한 사람을 대신해서 11월 13일 토요일 반일과 14일 일요일 하루를 출역하여 자금 4원 50전을 벌었다. 이로써 2원 50전을 거동(居洞)학습회에 기부하고 2원을 조선방공기재 준비비로 헌금하였다.

# 도로 부역(賦役)으로 헌금(2)

평안북도 초산군 동면 공립보통학교 3, 4학년 80명은 평소 훈도로부터 출정용사의 충용미담(忠勇美談) 등에 대해 듣고, 이에 자극을 받아 기회를 엿봐서 열성 담긴 헌금을 해야겠다고 합의했다. 그러던 중 때마침 수리중인 운초선(雲楚線) 2등 도로의 모래 까는 일을 청부받아 이를 실시하였다. 오스기(大杉)와 김, 두 훈도와 상의하여 11월 7일 일요일을 이용하여 아침 일찍 취로하여 번 돈, 금 8원을 출정 병사의 위문금으로 헌금하였다.

## 교사(校舍)의 건축자재를 옮기다

경상북도 문경군 가은공립보통학교에서는 현재 교사를 증축, 시공하고 있는데, 9월 중순 이 공사의 청부업자가 기초공사용 모래와 자갈을 필요로 한다는 이야기를 이 학교 아동들이 들었다. 양○○ 외 201명이 자신들의 손으로 운반하고 받은 임금을 국방헌금하겠다고 하여, 9월 23일 생업보국을 중심으로 전후 약 10일간 매일 방과 후 1시간 내지 2시간을 작업하여 받은 금 9원을 11월 6일 군사후원연맹 앞으로 휼병금으로 헌금하였다.

# 공립보통학교 아동의 미거

충청북도 단양공립보통학교 6학년 생도는 라디오, 신문, 시국강연 등으로 시국의 중대함을 인식함과 동시에 출정 병사의 노고와 분투에 깊은 감동을 받아, 자발적으로 헌금하고자 하는 마음이 생겨 교장의 허락을 받아 하급생도에게 호소하니, 전교생도 296명은 마음으로부터 찬성하여 각자 1전 내지 10전의 용돈을 갹출하고 여기에 농업실습으로 얻은 수익금을 보태어 금 23원이 되었다. 여기에 상급생도의 위문금을 더하여 조선군사령부로 송부하였다.

# 아동의 땀으로 헌금

충청북도 단양군 소재 영월소학교 4학년생 쓰카모토 이치오(杉本一男)는 매일 아침 각 신문의 화보를 보고 황군의 활동에 깊이 감격하였다. 그리하여, 어린아이이지만 스스로의 손으로 저축한 돈을 헌금하고 싶어 여름방학을 맞아 8월 1일부터 자신의 부친이 경영하는 신문중개업 배달에 뜻을 두고 더운 가운데에도 공부의 여가를 이용하여 신문배달을 하였다. 1부(部) 5리(厘)의 배달료를 계속 저축하였더니 8월 5일 그 액수 50전이 되어, 이를 황군위문금으로 헌금하여 지방민에게 깊은 감동을 주었다.

## 학동 자전거부대가 원로(遠路)의 황군을 환송영하다

충청남도 공주군 금성공립보통학교 아동 27명은 담당 선생님의 허락을 받고 조치원역에서 황군 장병을 환송하고 위문하기 위해, 8월 초순 일요일을 이용하여 자전거를 타고 역전에 가서 군용열차가 통과할 때마다 군가와 만세를 고창(高唱)하였다. 아동들은 감격한 나머지 열렬한 환송을 하는 외에 각자 지참한 용돈을 남김없이 지불해서 '밀크 카라멜, 타올, 담배, 잡지, 과자' 등을 각각 구입하여 이를 병사 위문품으로 건네며 감사의 뜻을 전달하였다. 미리 이러한 일을 알고 있던 동군의 장지공립보통학교의 아동들은 일행의 공로를 위로하기 위하여 그 귀로를 기다렸다가 수박, 참외, 과자 등을 준비하여 휴식을 권하고 서로 환송 상황과 이번 사변을 대하는 모국(母國)의 정의(正義) 등을 이야기하였는데, 이는 소국민의 순정을 표현한 것으로 그 정경은 실로 아름다웠다.

## 소년 적십자 단원의 활동

충청남도 서천군 공립소학교 및 공립보통학교의 소년 적십자단에서는 지나사변이 발발한 이래 각각 라디오로 보도되는 사변관계의 뉴스를 등사하여 매일 한 번 내지 두 번 단원들에게 읍내 각 가정에 배포하게 하여, 이로써 시국인식을 철저하게 하였다. 폭염이나 엄동에도 멈추지 않는 이러한 활동에 일반 읍민 모두 감사해 하며 감격하고 있다.

# 대청소의 폐품을 모아

평안북도 선천 공립보통학교 4학년
고노 히데오(鄕野秀雄)
다카하시 히로시(高橋弘)

위의 두 사람은 지난 13일 당서에 출두하여 황군 위문금으로서 금 3원 17전을 기증하겠다고 신청하였다. 평소 학업에 정진하고 가업을 돕는 등 모범생도인 이들은 방법을 강구하여 황군을 위문하겠다고 평소부터 마음먹었지만, 소학교 아동의 몸으로서 위문금을 염출할 방법이 없어 고심하고 있었다. 그러던 중 우연히 이번 달 12일 남경함락 축하기(祝賀旗) 행렬이 끝난 후 집안을 청소, 정리하는 부모님을 도와 고신문, 공병, 철근 등의 폐품을 받아서 이를 매각한 대금을 헌납한 것이다. 어린 몸으로 이러한 행동을 한 것이다.

## 피로 물든 일장기

평안북도 강계공립보통학교 고등과 1, 2학년생은 학교 당국자의 지도와 군사강연 혹은 신문과 라디오의 뉴스 등을 통해서 북지나 상하이 방면에서 포악한 지나를 응징하기 위해 활동하고 있는 황군의 노고를 생각하고 또한 연전연승의 쾌보에 깊이 감격하여 황군장병에게 감사와 격려의 뜻을 표하기로 하였다. 여러 가지로 협의한 결과 피로 그린 일장기와 혈서의 위문문을 보내기로 결정하였다. 이에 생도 50여 명은 우선 10월 29일 오후 1시 강계신사에 참배하여 심신을 청결하게 하고 귀교 후 그 제작에 착수하였는데, 그 소식을 들어 알게 된 담당교사 2명도 깊이 감동하여 스스로 피로써 연서하여 세로 3척 5촌, 가로 3척의 혈흔이 선명한 대일장기를 작성하였다. 또한 일사보국이라고 혈서하고, 고심에 고심을 더해 위문문을 작성하여 이를 각각 혈서하였다. 대표생도 4명은 11월 1일 강계헌병분대를 방문하여 혈서한 대국기 한 장과 혈서한 위문문 46통을 합하여 제일선에 있는 황군장병에게 송부할 것을 의뢰하였다.

# 아동이 스스로 농작하여 번 돈을 헌금

충청남도 보령군 오천공립보통학교 6학년생인 이즈모 데쓰타로(出雲鐵太郎)는 국가를 위해 분전하는 황군에게 보답하고자 스스로 밭을 갈고 벼를 심어 수확해서 번 5원을 위문금으로 당 휼병부에 헌금하였다.

## 아동이 이삭줍기를 해서 위문용 담배 헌납

전라남도 영암군 미암공립보통학교 아동 86명은 본 사변에서 보인 황군의 활동에 감격하여 12월 1일부터 5일까지 매일 방과 후 이삭줍기를 하여 이를 매각한 대금 5원 10전으로 '가치도키(かちどき)'[31] 51개를 구입하여 휼령부에 헌납하였다.

31) 군대에 보급하는 조선산 담배 이름. 상자에는 하늘을 나는 전투기와 일장기가 그려져 있다고 한다.

# 땔나무를 하여 헌금

황해도 곡산공립보통학교 생도 이○○ 외 339명은 황군위문을 여러 가지로 강구하다가 휴일을 이용하여 산에 올라가 땔나무를 하고, 방과 후에는 새끼를 꼬아 팔고, 교내에 판매부를 만들어 학용품을 팔아 번 금 11원 34전을 황군위문금으로서 제20사단의 병부에 헌납하였다.

## 초등학교 생도의 헌금

충청남도 제천군 덕산공립보통학교 6년생
전○○ 외 40명

위의 생도들은 어떻게 해서든 황군장병을 위문하고자 올 가을 학교 부근 농가에서 벼베기 등을 해서 번 금 5원을 황군위문금으로서 11월 28일 제천경찰서를 거쳐 헌금하였다.

## 애국 자매

경기도 광주군 도촌리의 돌마(突馬)공립보통학교의 2년생인 최○○과 최○○ 자매는 겨울방학 동안에 추위에도 불구하고 밭에 떨어져 있는 면화를 주워모아 이를 팔아 번 돈 1원 70전을 들고 면사무소에 출두하여 국방헌금으로 해 달라고 제출하였다. 직원 일동 크게 그 노고를 치하하고 곧 헌납의 수속을 밟으니, 부락에서도 이 두 사람의 적성을 크게 칭찬하였다.

## 1학년의 총후적성

경기도 강화군 하고(河岵)공립보통학교의 1학년 아동은 담임교사의 시국인식에 대한 훈화를 듣고 이삭을 주어 국방헌금으로 헌납하고자 협의하여 10월 24일 일요일에 일제히 각자 집 부근의 논으로 나가 이삭을 주워 모아 그 이유를 부형에게 말하고 이삭을 전달했다. 이를 들은 부형은 그 마음에 감격하여 1전 내지 4전을 내어주었고, 이를 받은 아동은 기뻐하며 담임교사에게 가지고 가니 합계 금 1원 52전에 달하였다. 이로써 강화군사후원연맹에 국방헌금으로 헌납하였다.

# 파리 박멸 장려금을 헌금

경기도 이천군 백하(柏河)공립보통학교 아동 일동은 1937년 10월 6일 1원, 11월 6일 1원 50전의 장려금을 국방헌금으로 헌납하였다.

## 종이연극에 감격한 이야기

경기도 가평공립보통학교 3학년생 최○○ 군(10세)은 반에서도 가장 어리고 건강도 비교적 좋지 않는 아이지만, 지난번 군청 직원이 학교에서 아동에게 보여준 종이연극 「지나사변과 총후의 반도」에 감격하여 지금까지 해 본 적이 없는 가지치기를 의연히 감행하였다. 부친 최○○ 씨(우편소 직원)는 아들의 의외의 행동에 감읍(感泣)하여 애국심의 맹아를 키우고자 자신이 얼른 이를 매수하였다. 최 군도 점차 분발하여 매주 일요일 추위 속에서 가지를 치러 산으로 가서 모은 30전을 학교에 제출하여 교원 일동도 크게 감격하고 있다.

# 학술강습회 아동의 적성

경기도 김포군 내면 장기리 운월 신강습소의 아동 69명은 강연과 부모로부터 들은 시국이야기에 깊이 감격하여 영세하지만 미력을 다하고자 합의하여 올 가을 이삭줍기를 하여 번 대금 8원을 가지고 담배 '가치도키'를 80개 사서 황군위문품으로 헌납하고자 신청하니 군에서는 그 적성에 감격하여 곧 헌납의 수속을 밟아 주었다.

## 보통학교 아동의 미거

경기도 김포군 고촌공립보통학교에서는 10월 10일부터 25일까지 아동의 자발적인 신청으로 매일 방과 후 이삭줍기를 하여 이것으로 번 금 6원 92전을 국방헌금으로 헌납하고자 교장에게 문의하여 신청하니, 군에서는 그 적성에 감격하여 곧 헌납 수속을 밟았다.

## 서당 아동의 적성

경기도 강화군 삼산면 석포리 신명(新明)서당 아동 일동은 조회 시간에 서당 강사 김○○ 선생에게서 지나사변에서의 황군의 용감한 활동상황에 대한 훈화를 듣고 감격하였다. 우리가 평화롭게 공부할 수 있는 것은 온전히 제일선에서 분전하는 황군의 덕분이기에, 이에 보답하기 위해 매월 1일에는 무운장구의 기도를 드리고 더욱이 그날은 점심을 먹지 않기로 합의하여 실행하니, 부형들이 그 정신에 깊이 감명하여 위로로서 3전 내지 5전을 전부 제공하였다. 이를 모은 액수 3원을 황군위문금으로 헌납하고자 해당 면을 통해 강화 군사후원연맹에 신청하였다.

# 아동의 헌금

경기도 용인군 기흥면 심상(尋常)고등소학교 아동 및 직원 일동은 지난해 11월 12일의 애국일 실시 사항의 하나로서 학용품과 일용품 등의 절약을 결의하고 그 절약한 돈 중에서 5원 19전을 조선방공기재비로서, 2원을 황군 위문금으로 헌금하였다.

# 아동의 적성

경상남도 양산군 상북면 상북공립보통학교
6학년 서○○

위의 사람은 좌담회와 학교 훈화를 통해 시국의 인식을 깊이 하고 황군의 활동에 감격하여, 학교로부터 귀가한 후 혹은 등교 전에 새끼를 꼬고 가마니를 짜는 등의 일로 금 70전을 벌어 이를 출정군을 위문하기 위해 다음의 서간을 첨부하여 관할 주재소를 거쳐 제출하였다. 이러한 행동은 보기 드문 적성으로 일반에게 크나큰 감명을 주었다.

주재소에 계신 분들에게

동양의 평화를 어지럽히는 지나병사들 때문에 부모형제 곁을 떠나 극한의 영하 20여 도나 되는 지나에 가서 목숨을 바쳐 지나병사를 응징하는 황군의 아름다운 마음에 감격하여 저는 학교에서 돌아와 새끼를 꼽니다. 밤에는 늦게까지 복습을 하고 가마니 짤 준비를 해 두고 잠들어, 방법은 잘 모르지만 아침 일찍부터 가마니를 짜서 이 돈을 보냅니다. 이것은 적은 금액이지만 저의 정성과 진심을 담아 출정군인 위문금으로 드리오니 번거롭겠지만 조금이라도 빨리 보내 주시면 고맙겠습니다.

# 이삭줍기를 해서 헌금

경상남도 양산공립보통학교 다가시라 도라노스케(田頭虎之助) 이하
직원, 아동 570명

위 아동 일동은 교장 이하 각 직원의 지도로 10월 하순부터 11월 상순까지 이삭줍기를 해서 1,777근에 달하였기에 이를 매각하여 131원 7전을 벌었다. 그중 위문담배 '가치도키' 대금으로 23원 50전을, 황군위문금으로 52원 9전을 납부수속을 밟아 티끌모아 태산이라는 봉공의 미거를 이루었다.

# 용돈을 절약해서

경상남도 양산공립진상소학교
4학년 우노 가쓰요(宇野克代)
1학년 우노 다카유키(宇野隆之)

위의 사람은 작년(1937) 4월 이래 부모로부터 받은 용돈과 그 외의 돈을 저금통에 저금하였다가 신년에 꺼내 금 4원 51전을 부모의 동의를 얻어 야마구치(山口) 교장을 거쳐 국방비로 헌금하였는데, 본 미거는 총후아동의 적성을 피력한 것이라 일반 아동을 감동시켰다.

## 입영병사의 사례금을 헌금

경기도 진위군 평택면 통상리 소재
평택공립보통학교 생도 일동

위의 학교 대표 생도 2명은 지난 12월 20일 오후 평택서를 방문하여 금 5원을 내밀며, '우리는 올해 평택면에서 입영하는 나가세다다시(長瀨正) 씨의 출발에 임하여 평택역까지 전송하였는데, 그 답례로 생도 일동에 대해 금 5원을 받았습니다. 이를 협의한 결과 조선으로부터 출정하는 병사의 휼병금으로서 헌납하기로 합의하여 적지만 송금 수속을 의뢰합니다'라고 송금을 의뢰하였다.

## 재봉틀로 바느질해서

전라북도 김제군 김제공립기예여학교 2학년
이마토미 요시코(今富芳子)
스즈키 후미코(鈴木文子)

위의 두 사람은 서로 의논하여 학교의 여가를 이용하여 재봉틀로 방석 커버와 베갯잇을 만들어서 번 임금 5원과 일요일에 우동을 팔아 번 이익 2원을 합한 계 7원을 국방헌금으로 헌금하였다.

## 폐품을 주워 모아서

전라북도 이리공립보통학교 아동

위 학교에서는 작년 10월 6일 애국일 이후 전교 생도에게 노방의 고철과 고무 등의 폐품의 수집하게 했는데, 11월 7일 이를 매각한 금 5원 80전을 국방헌금으로 헌납하였다.

# 1전 헌금함

전라북도 전주공립진상고등소학교 생도 일동

전주공립진상고등소학교에서는 시국을 생각하여, 학용품과 그 외의 것을 절약하여 소액 헌금하고자 하는 모범 아동의 적성을 피력하기 위하여 10월 1일부터 1전 헌금함을 설치하여 아동의 소액 헌금을 받고, 더욱이 아동들이 가지고 온 빈병, 깡통, 은종이, 폐지 등의 폐품을 모아 매각한 1전을 헌금과 합치니 합계 33원 88전이 되었다. 이를 11월 10일 국방헌금으로서 송부하고자 전북일보사에 기탁하였다.

# 목사와 신도가 하나 되어 헌금

전라북도 김제군 김제읍 옥산리 예수교 교회 목사

위의 교회 목사 최○○은 사변이 발발한 이후 신도에게 시국강연을 하면서 국방헌금 및 위문품을 헌납하도록 하였다. 금월 1일부터 특별 헌금하여 신도 34명으로부터 금 17원 95전을 모아 11월 13일 국방헌금으로서 헌납하였다.

# 전교가 하나 되어 근로근검의 헌금

황해도 은율군 석교(石橋)간이학교
교장 니시오카 요시카즈(西岡義一)외 생도 80명

위 사람은 매월 6일 애국일을 애국저금일로 정하고 당일은 각 생도들과 함께 학용품을 절약하여 3전 저금을 하게 하고 그중에서 금 5원을 헌금하였다.

변촌서당목사 양상규 외 생도 30명

위의 사람은 매일 종업 후 1시간 동안을 애국봉사 시간으로 정하고 논에서 벼이삭을 주워 금 7원 23전을 헌금하였다.

이도공립보통학교장 오야마 모토이치(大山許一)외 생도 187명

위의 사람은 1937년 9월 6일 이후 학용품을 절약하여 저축한 금 6원 65전을 헌금하였다.

장연공립보통학교
교장 다카시마(高島) 외 교원 아동 607명

위의 사람은 학용품을 절약해서 금 4원 20전을, 또 남경함락 축하용 국기를 제작하여 읍민에게 매각해서 번 금 5원 80전을 각각 헌금하였다.

# 시국 학동의 기원일 참배

경기도 파주군 문산보통학교 제5학년 박○○는 지난 10월 6일 두 번째 애국일로부터 황군분전에 크게 감격하여 일찍 일어나기로 결심하였다. 매일 아침 오전 5시 기상하여 자택으로부터 1킬로미터 정도 떨어진 신사에 참배하여 황군의 무운 장구를 기원하고 집으로 돌아와 가사와 학습 등 일과에 힘써 온 이래 지금까지 2개월 동안 하루도 빠짐없이 하고 있다.

# 농촌 아동의 부상용사 위문

경기도 연천보통학교에서는 애국일 행사의 하나로서 그 전날 일요일 직원 10명과 아동대표 6학년 남녀 4명을 인솔하여 국화 다섯 다발(이 학교에서 재배한 것과 부락 유지로부터 받은 것), 위문편지 45통과 계란 370개를 가지고 부상용사의 노고를 위로하기 위해 용산 육군병원을 방문하였다. 또한 위의 군에서는 응소자 3명을 ○○부대로 초청하여 각각 밤 한 포대씩을 증정하였다.

# 총후 학동의 면목

경기도 고양군 신은(神恩)소학교 고등과 남자는 이 학교에 있는 시모하라 다다요시(下原忠義) 씨가 ○월 ○○일 응소하자 그 집안의 가업인 잡화 및 신문중개판매를 위해 매일 신문배달을 도와 매월 애국일을 기해 신은(神恩)과 신평(神平) 두 면에서 구독료와 그 외의 수금을 돕고 있는데, 하루 9할 3부의 수금 성적을 거두는 등 총후 학동으로서 미소짓게 하는 활동을 계속하였다.

# 출정 장병에게 사과를

경기도 양주군 유양(維楊)공립보통학교 아동은 ○○선 ○통과 부대를 ○○○역에서 환송영하기 위해 실습작업으로 번 돈으로 구입한 사과 4관과 각자 가지고 온 밤을 출정 장병에게 보내어 국민의 감사한 마음을 표현하였다.

## 미취학 아동도 총후에 서다

경기도 연천공립보통하교 제6학년 남자 변○○는 부락집회소에서 주로 미취학 아동을 모아 10월부터 국어를 가르쳐서 부락민으로부터 감사의 말을 들었는데, 때마침 ○○부대가 이곳을 통과하게 되자 학교에서 여가시간에 손으로 직접 만든 국기와 제등을 미취학 아동에게 주어 환송영을 하게 하여 지역 일반의 칭송의 대상이 되었다.

# 보통학교 여아의 진정

경기도 창신공립보통학교 第6학년 여자 김○○, 이○○, 김○○ 3인은 일요일과 방과 후 등의 여가시간을 이용하여 각각 센닌바리 한 장씩을 완성하여, 김○○, 이○○은 학교 내의 응소자 가족에게, 김○○은 ○○역전에서 출정황군에게 보내는 등 보통학교 여학생으로서 참으로 늠름한 총후의 적성을 이루었다.

## 가마니 헌금

경기도 여주군 흥천공립보통학교에서는 아동 자치회 임○○의 발기로 아동들이 각각 가마니 한 장씩을 짜서 팔아 이를 국방헌금으로 하고자 계획하고 가마니 160장을 만들어 그 매각금 28원 20전에 직원의 갹출을 보태어 합계 29원 70전을 이포경찰관 주재소에 가지고 가서 그 뜻의 전달을 의뢰하였다.

## 군영(軍營) 부근의 청소작업

사립 이태원보통학교에서는 애국일 노력봉사의 하나로서 전 아동을 세 개의 반으로 나누어 직원들이 각각의 반을 담당하여 각각 보병 제 78, 79 두 연대와 육군병원 부근을 청소하여 군국아동의 지정(至精)을 표현하였다.

## 신문배달을 해서 응소 가족의 생활을 원조

경성부 광제정(廣濟町) 시모하라 다다요시(下原忠義) 씨는 신문배달과 간장 그 외 일용품 등의 배달을 본업으로 해서 7인의 가족과 함께 힘들게 생활을 영위하고 있었는데, 이번 사변에 임하여 소집되어 출정하자 그 가족은 생활이 곤란해졌다. 이 일을 안 경기도 고양군 신은공립진상고등소학교 아동 중 은평면에서 통학하는 아동 23명은 이 사람을 대신해서 순번을 정해 신문을 배달하고 그 외 매월 매상금을 수금하는 등 가족의 생활원조에 진력하니 가족들이 깊이 감사하고 있다.

# 학생의 부部

# 여학교 생도의 헌금

경북 김천고등여학교
나기노 스에코(薙野末子) 외 19명

이번 사변 발발에 의해 더 한층 제국의 존엄과 황군의 무위를 인식하고 일본 신민으로서 태어난 것을 감사해 하며 부녀자라 하더라도 좌시할 수 없다며, 얼마 되지 않지만 황군을 위해 쓰라고 서로 뜻을 모아 엣추훈도시(越中褌)[32] 60장을 만들어 금 10원 3전을 더해 황군의 위문품이라며 헌금했다.

경북 김천군 대항면 덕전동
경북 김천고등보통학교 5학년 최○○

위 사람은 지난 김천사건(金泉事件)[33]에 연좌된 자로 근래 현저히 전의 과오를 후회하며 갱신의 빛을 보였는데, 이번 지나사변 발발에 따라 황군 및 공군의 출정을 목격한 결과 매우 감동하여 헌금을 했다. 또한 지난 7월 24일 자비로 백지 100매를 사서 자신의 동생

32) 길이 1미터 가량의 폭이 좁은 천 끝에 끈을 단 T자 모양의 훈도시. 훈도시는 남성의 음부를 가리는 속옷.

33) 1933년 12월 12일자 『동아일보』 기사에 「김천사건 최고 6년 언도」라는 기사가 나와 관련자들과 구형 내용이 나오나 구체적인 내용은 미상.

들을 독려하여 국기를 작성한 후, 부근 부락민들에게 무상으로 배포하여 출정군인 전송을 권유했다. 동시에 직접 동생들을 데리고 연일 황군을 전송하고 있었는데, 시국이 시국인 만큼 일반의 칭송을 들었다.

# 과연 미래의 훈도(訓導) 님

충청남도 연기군 전의면 관정리 장○○은 현재 경성사범학교 5학년에 재학하고 있는데, 여름방학이라 귀향해 있던 중 매일 출정하는 군인의 용감한 모습을 접하고 깊이 감격하였다. 총후의 국민으로서 자력으로 출정군인을 위한 위문자금을 벌고자 애국심에 불타올라 근린 사방공사(砂防工事)에 출역하여 번 임금 1원 50전을 재지 황군위문금으로서 송금하였다. 이는 진정으로 애국의 지극한 정성에서 나온 것으로 기특한 학생이라고 할 수 있다.

# 자신들의 교정(校庭)을 보수하여 헌금

평안북도 강계읍
강계사립영실중학교 생도 일동

위의 생도들은 교사의 시국강연에 깊이 감동하여, 학교 교정을 보수할 계획이 있다는 사실을 듣고 일동이 협의하여 이 일을 맡아서 휴일을 이용하여 보수를 실시하고, 여기서 번 돈 금 10원을 국방비에 일조하고자 10월 22일 강계 헌병 분대에 기탁하였다. 최근 이 학교 생도들의 이러한 기특한 행동에 대해 읍민 일동은 일제히 감격하였다.

# 단체의 부部

# 절주절연하여 헌금[34)]

전라남도 구례군 광의소방부대원 일동은 북지나 광야에서 황군 장병들이 일신일가를 돌아보지 않고 용전분투하고 있음에 감동하여 총후의 국민으로서 위문 방법을 강구하여 절주절연하기로 하고 대원대표 이하 35명이 1전 내지 5전을 염출하여 합계 금 6엔 45전을 헌금하였다.

34) 원문에는 제목이 누락되었으나 역자가 임의로 붙임.

# 위로금을 그대로 국방헌금으로

충청북도 진천군 만승면 광혜원
광혜원 소방대원 대표 이○○ 외 36명

위 사람들은 지난 북지나 출정 중 육군기가 악천후로 인해 동면 회죽리에 불시착하자 조난현장 경계 혹은 구호에 노력한 결과, 7월 29일 육군 당국으로부터 위로금으로 금일봉(20원)을 받았다.

위 금액을 받은 이 대표 이하 소방대원들은 목하 비상시국을 돌아보고, 이구동성으로 국방헌금으로 해야 한다며 8월 1일 진천경찰서를 거쳐 헌금수속을 밟았다. 일반에 칭송의 소리가 자자하다.

## 남녀 공원(工員)으로부터 적성 담긴 국방헌금

충청북도 영동군 영동면 예산리
호리(堀)제사공장 송○○ 외 31명

본인들은 주인 호리 다쓰오(堀龍雄) 외 다른 사람들로부터 이야기를 듣고 이번 지나사변의 시국을 인식하여, 우리도 총후 국민으로서 어느 정도 헌금을 해야 한다고 의견을 모아 영세하지만 금 7원을 모아 지난 8월 23일 국방헌금으로 헌납했다.

본인들의 마음은 일반에게 매우 큰 감동을 주었으며 시국에 대한 인식을 더 고취하여 총후 수비를 강화하고 있다.

# 야간 노력 봉사로 헌금

충청북도 단양군 대강면내
천동(泉洞) 농촌진흥회 김○○ 외 50명
수촌(水村) 농촌진흥회 정○○ 외 42명
금곡(金谷) 농촌진흥회 안○○ 외 46명

위 진흥회에서는 모두 시국을 인식하여, '총후 수비는 우리 손으로'를 목표로 잉여시간(야간)을 이용하여 적성을 담아 새끼를 꼬고 짚신을 만들어 매각한 돈 합계 금 13원 80전(천동 5원 20전, 수촌 4원 20전, 금곡 4원 40전)을 황군위문금으로 헌납했다.

## 천주교도도 백성으로서 한 마음으로

충청북도 제천군 풍양면 학산리
천주교도 전○○

위 신도들은 우리 교도들도 똑같은 천황의 적자로서 총후 수비를 완수해야 한다고 의논하여 노력봉사로 헌금을 하기로 약속을 하고, 각각 퇴비증산 혹은 각종 부업에 힘써 번 돈 20전 내지 50전을 염출하여 계 10원 10전을 국방헌금했다. 또한 본인들은 9월 1일부터 6일 동안 매일 오후 8시 30분부터 9시 30분까지 천주교 강당에서 황군의 무운장구를 기원했다.

# 국방부인회의 적극적 활동

충청북도 홍성군 광천면 신율리
대일본국방부인회 광천분회

위 분회장 미우라(三浦) 모리에 여사는 10월 16일 광천면장을 찾아 아래와 같이 이야기하며 금 63원 7전을 충남호(忠南號) 비행기헌납기금으로 신청했다.

> 우리 국방부인회에서는 이번에 임원회의를 열어 총후 적성을 표하기 위해 논의했는데, 1월 5일 소학교 운동회, 10월 9일 보통학교 운동회를 기회로 회원(내선인 약 2백 명) 전원 노력봉사를 하기로 하고 당일 떡을 만들어 팔거나 과자, 과일, 약품류를 판매하여 얻은 순이익금 50원 16전을, 기타 국방헌금으로 금 13원 31전 합계 63원 47전을 벌었습니다. 그 이익금을 총후의 적성으로 헌금하니 약소하지만 충남호 비행기 헌납기금으로 받아 주세요.

위 회원들은 모두 숙녀이자 농촌의 부녀자들이기 때문에 그때까지 장사경험이 없는 사람들이 많았다. 또한 떡을 만드는 것도 사람을 사지 않고 각자 직접 만들어 다수의 군중을 상대로 험한 길을 나서 땀을 흘리며 행상했다 한다. 이는 일반에게 다대한 감명을 주었다.

## 러시아 정교회 지부에서 헌금

러시아 정교회 파주군 교하면 지부 한○○ 씨는 지난 8월 30일 교하(交河) 주재소 구와다(桑田) 부장을 찾아 너무 약소하여 부끄럽지만 저희 신도들의 적성이니 국방헌금으로 쓰라며 금일봉을 건넸다. 동 부장은 액수의 다소는 논할 바가 아니다, 당신의 진심이 고맙다며 사의를 표하고 국방헌금 수속을 밟았으니, 일반은 이 적성에 감격하고 있다.

# 내선일체, 출정 가족을 지키다(1)

경기도 개풍군 청교면 양능리 소재의 대능(大陵)농촌진흥청년회는 1933년 2월 설립되었는데, 이번에 지나사변이 발발하여 방호단(防護團)[35]이 결성되자 많은 사람들이 여기에 가입하여 철도경계, 등화관제 등에 노력하여 오늘날에 이르렀다. 지난번 청교면 덕암리에서 출정하는 다카하시 도메조(高橋留藏) 보병 오장(伍長)의 가족은 처와 장녀, 장남의 4인 가족으로 자작농으로 생활하고 있었는데, 호주인 도메조가 출정한지 얼마 되지 않아 아내인 고(コウ)가 관절염으로 입원하여 치료하느라 농사는 모두 같은 마을에 사는 친척들이 도와서 해 주는 상황이었다. 이를 들은 청년단은 그 집을 도와주는 것이 총후 국민의 의무라고 생각하여, 11월 4일 회장인 신○○의 지휘 아래 회원 25명이 새벽 미명에 각자 도시락을 지참하고 가서 일몰까지 약 54섬의 벼를 타작해 주었다. 벼 타작이 끝난 후 회원들이 멀리 동쪽을 향하여 절을 하니 도메조의 친척들이 모두 이를 보고 감격한 나머지 눈물을 흘렸다. 이와 같은 사실은, 농촌의 총후국민이 출정군인의 가족에 대해 열성적인 후원을 아끼지 않을

35) 전전(戰前) 일본에서 민간의 방공활동을 수행하기 위해 만든 조직.

뿐 아니라 내선일체의 실적이 향상되고 있다는 증거라고도 할 수 있어 부민들이 일제히 감격하고 있다.

# 내선일체, 출정 가족을 지키다(2)

하마모토 류센(濱本瀧仙)은 경기도 연천(漣川)경찰서 관할 백학면(百鶴面) 두일리(斗日里)에서 아내와 아기와 함께 농사를 지으며 다른 사람의 토지 관리인으로 살았다. 그가 가을 수확기에 소집되어 수확에 지장을 초래하는 상황이 되자, 부민들은 총후국민의 의무는 이번 가을에 있다고 하며 백학보통학교에서 애국의 날을 거행하여, 3, 4학년생들은 약 세 마지기를 탈곡해 줌으로써 미곡 수확을 전부 끝냈다. 또한 남아 있는 대두(大豆) 5반보(反步)[36]는 건조되는 대로 두일리의 부락민들이 탈곡해 줄 예정이다. 11월 10일에는 경기도 농무과장 도지사대리가 출병군인의 가족을 위문하기 위해 내방하였고, 11월 16일에는 연천군사후원연맹, 애국부인회, 제국재향군인회 연천분회 및 군, 경찰서 등에서 위문과 위문금을 보내니, 이로써 가족들은 총후의 후원에 깊이 감격하였다.

36) 1반보는 300평으로 991.74m$^2$에 해당된다.

# 군마(軍馬)의 양식인 건초를 채취하여 헌금

경기도 연천군 군남면 삼거리
청년단 대표 황○○ 외 28명

위의 청년단은 당면한 시국을 인식하여 전부터 조기회를 조직함과 동시에 군마의 양식인 건초를 채취하기로 합의하고 여행헌납(勵行獻納)을 계획하던 중, 협력하여 얻은 건초 884킬로그램, 가격 11원 93전을 받아 이를 면사무소를 통해 헌납수속을 하니 일반민중은 그 적성에 감격하였다.

## 땔나무를 해서 헌금

경상북도 문경군 가은면 상괴리 제1구민 이○○ 외 71명은 지난 달부터 관할 가은경찰관 주재소가 개최하는 시국인식좌담회에서 시국의 중대함과 지나파견 황국장병의 용맹한 행동에 감격하여 민심작흥주간 동안 각 가정이 모두 오전 6시에 기상하여 1시간 동안 땔나무를 하여 이를 농업진흥조합사무소에 가져가서 마지막 날에 경매하여 번 금액 8원을 휼병을 위해 송금하였다.

# 한 마을이 일제히 센닌바리를 만들다

경상북도 문경군 영순면의 직원과 영순공립보통학교의 각 직원과 부인, 같은 학교 생도와 애국부인회원 등은 일치단결하여 민심작흥주간 동안 센닌바리 11장을 만들어, 11월 20일 군사후원연맹 문경분회 앞으로 헌납하였다.

## 반도 여성의 적성

평안북도 영변군 영변면 동부동(東部洞) 기생 일동과 영변 읍내에 거주하는 기생 31명은 총후의 여성으로서 비상한 시국에 대처하고 공헌하기 위해 반도 여성이 적성을 피력해야 한다고 협의하였다. 그리고 그 방법으로서 8월 23, 24일 양일간 공회당에서 연주회를 열어 그 순익금으로 국방기재를 구입하도록 헌금하기로 결정하니, 이를 실시한 결과 금 249원 84전을 벌어 대표자 박○○가 헌금하여 일반인들을 감격시켰다.

# 청년단원의 땀의 헌금

평안북도 초산군(楚山郡) 성서면 내연동 소재 내연동 농촌진흥청년단원은 지나사변에서의 황군의 활동에 감격하여 일반인의 시국인식에 노력하는 한편, 본 단체의 기본금 중에서 5원을 헌금하였다. 10월 10일의 월례회 석상에서, 이 헌금은 기본금 중에서 지출한 것으로 그 의의가 희박하니 앞으로는 단원의 땀으로 얻은 것을 헌금하고 싶다는 의견이 나와 모두 이를 가결하였다. 11월 1일 이 지역에 육지로 옮길 화물이 도착하자 전원이 출역하여 번 임금 3원 58전을 국방비로 헌금하였다.

# 소방조합원이 출동하여 받은 수당금 전부를 헌금하다

전라남도 함평군 함평면 기각리 소방조 대표 다니토모 고로(谷友五郎) 외 소방조합원 59명은 거주지 읍내에서 10월 18일 오전 4시반 경부터 화재가 나서 출동하고, 여기서 번 수당 금 27원 전부를 헌금하였다.

# 유생 등의 헌금

충청북도 단양군 가곡면 대대리
유생 김○○ 외 14명

앞의 사람은 6,70의 고개를 넘은 노령자들로서 매년 봄가을 두 번 회합하여 술과 음식을 함께 하고 하루 동안 유흥을 즐겨왔는데, 올 가을은 '시국의 중대함과 출정황군의 노고를 생각하니 총후의 국민으로서 하루나 반나절도 즐길 수 없다'고 하여 모임을 갖지 않고, 그 비용 50전씩을 갹출하여 계 7원 50전을 조선방공기재비로서 헌금하였다.

# 자경조합원의 헌금(1)

충청북도 단양군 가곡면 의곡리
자경조합원 이○○ 외 39명

위 의곡리는 소백 산록의 산간에 있는 빈촌으로 민도가 아주 낮은 부락이지만, 사변이 확대되어 심각해짐에 따라 마을 사람들의 시국 인식은 점차 높아졌다. 이에 조합원들이 서로 도모하여 각각 땔나무 한 짐(35전에 해당)씩을 하여 이를 매각한 대금 10원을 9월 26일 가곡주재소를 경유하여 조선방공기재비로서 헌금하였다.

# 자경조합원의 헌금(2)

충청북도 단양군 가곡면 대대리
자경조합원 김○○ 외 8명

위 조합장 김○○은 일전에 점심값을 절약하여 헌금하는 등 시국인식을 위해 일반인의 모범을 보였는데, 이번에 다시 조합원과 합의하여 오봉 비용을 절약한 돈 10원을 모아 조선방공기재비로서 헌금하였다.

# 화전민의 적성

충청북도 단양군 대강면 원산리
윤○○ 외 29명

위 사람들은 10월 14일 대강면 장정리 간이학교에서 개최된 다나카(田中) 내무주임의 시국 강연에 감동하여, 누구랄 것도 없이 '황국을 위해 지나 각지에서 전전(轉戰)하고 계시는 황군위문은 우리들의 의무다'라고 하며 점심값으로 지참한 5전 10전을 갹출하여 계 1원 19전을 당시 관할 주재소원에게 '황군위문금'으로 송부해 달라고 의뢰하였다. 그 액수는 적지만 산간지방 화전민의 적성은 일반인들에게 상당한 감동을 주었다.

# 농촌 부인 등의 적성

충청북도 단양군 가곡면 덕천리
홍○○ 외 14명

위 사람들은 15호로 구성된 한 농촌부락의 부녀들로, 홍○○의 발의에 의해 '우리도 총후국민의 일원으로서 얼마라도 헌금해야겠다'고 하자 개중에는 극빈한 면세자도 여기에 가담하였다. 빈곤한 생활을 하면서도 최저 5전, 최고 20전을 갹출하여 합계 1원 50전을 모아 헌금하였다.

## 고용인의 미거

충청북도 단양군 적성면 하리의 고용인 12명
충청북도 단양군 단양면 중방리의 고용인 33명

일반농가의 고용인은 보통 음력 7월 중순 경 농사가 일단락되는 시기에 '호미씻기'(白踪)[37]라고 하여 고용주로부터 약간의 금전과 이틀 전후의 휴가를 받아 농악을 울리고 음주와 향락을 즐기며 이제까지의 노고를 위로한다. 그런데 앞의 고용인들은 지난번 본부 촉탁 조동환(趙東煥)[38] 및 경찰서장 등의 시국강연에 감격하여 총후의 국민인 우리들이 홀로 안일을 탐하는 것은 제일선의 황군에게 송구스러운 일일 뿐 아니라, 시국의 태도로서 생각해봐야 할 일이라고 하여 이러한 모임을 그만두고, 45명이 23원 80전을 국방비로서 헌금하였다. 사회정세와 가장 거리가 먼 농가의 고용인들이 보여준 열성이라 일반인들을 더욱 감격시켰다.

---

37) 농가에서 농사일, 특히 논매기의 만물을 끝낸 음력 7월쯤에 날을 받아 하루를 즐겨 노는 일.

38) 일제강점기 충청북도 음성군 출신의 행정가. 1928년, 1931년 음성면장을 지냈고 이후 충청북도 평의원에 세 번이나 피선되었다.

# 부락민이 하나가 되어 미거

충청북도 단양군 영춘면 하리
김○○ 외 6명

위의 사람은 스가나미(菅波) 서장의 시국강연을 듣고, 비상시국을 깊이 인식함과 동시에 목숨을 바쳐 북지나에서 활약하는 황군의 노고에 통절하게 동정하고 감격하였다. 강연을 들은 후에는 부락으로 돌아가서 우리 총후의 농민도 제국 신민의 일원으로서 비상 국가를 위해 역할을 다하자고 굳게 결심하고, 각자 자신의 직분을 지키며 직업에 정진하자고 일반인에게 호소하였다. 이에 지난 8월 23, 24, 25일 사흘 동안 부락민이 총동원되어 종일 노동하고 그 수고도 돌아보지 않고 밤중에는 달빛을 이용하여 굴참나무 껍질을 운반하여 받은 임금 8원 40전을 국방헌금으로 헌금하였다.

본 행위는 시국을 인식하는 여러 사람의 지도에 의한 것으로, 전 부락이 모두 하나로 뭉쳐 총후의 적성을 다하여 지방민에게 크나큰 감격을 주었다.

## 농민진흥회원의 적성

충청북도 단양군 대강면 천동리 농촌진흥회장 김○○ 외 52명
동 수촌리 농촌진흥회장 정○○ 외 42명
동 금곡리 농촌진흥회장 안○○ 외 46명

위 세 동리의 농촌진흥회장은 각 회원에게 우리 반도 동포가 안도(安堵)의 생활에 정진할 수 있는 것은 첫째로 황군의 덕분이라고 설명하며 부락민에게 시국을 인식시켜 분발하게 하였다. 그리고 야간의 잡담시간을 이용하여 조리를 만들게 하여 그 매각대금 계 13원 80전을 황군 위문금으로서 헌금하니, 이러한 반도동포의 불타오르는 적성의 결정(結晶)에는 감격할 수밖에 없다.

# 제사(製絲)공장 종업원의 적성

충청북도 단양군 단양면 하방리
하라타(原田)제사공장 종업원 후쿠이 다다오(福井忠雄) 외 32명

위의 종업원 일동은(남공 1명 여공 32명) 현재 시국을 깊이 인식함과 동시에 황군의 악전고투에 감격하여 하루 불과 20전 내지 30전의 적은 임금에서 금 3원을 갹출하여, '정말 약소하지만 황군 위문금에 보태고 싶다'고 하며 헌금하였다.

# 여러 가지 단체헌금 미담

*

충청남도 예산군 광시면 광시리 진흥회에서는 시국이 긴박해짐에 따라 임시 총회를 개최하고 시국에 관한 강연을 하였는데, 모두 시국의 중대함을 통감하고 회원 일동이 각자 응분의 식량인 보리를 출연하여 3석 정도에 달하니, 이를 매각하여 번 금 30원을 국방헌금으로 헌납하였다.

*

충청남도 예산군 봉산면 봉림서당의 36명은 가정이 빈곤하여 큰 금액의 헌금을 할 수 없자, 하계휴가를 이용하여 야채를 팔아 금 2원 55전을 갹출하여 헌금하였다.

*

충청남도 예산군 예산면 석양, 궁평과 봉산면 석교와 신암면 계촌의 각 부인회원은 조석으로 한 수저씩을 절미(節米)하여 번 금 16원 41전을 헌금하였다.

## 수송 군마 위로를 위해 마초를 제공하다

○월 ○○일 수송 군마를 위로하자는 의견이 나와서 당일 오후 8시부터 충청남도 천안읍 당국은 부근의 봉명리 주민에게 준비시키니, 주민들은 이를 흔쾌히 허락하고 그때부터 달빛을 이용하여 풀 베는 작업에 종사하여 밤 12시에 예정된 600관을 거두어 천안역으로 운반하였다.

그 후 열차의 군용 말에게도 공급해야 해서 군내 각 면의 운반책을 각 자동차 영업자에게 의뢰하니, 이 역시 기꺼이 승낙하여 자동차를 무상으로 제공받아 운반하였다.

# 길운의 '승률(勝栗)' 헌납

산과 산으로 둘러싸인 경기도 가평군의 군사후원연맹에서는 지방색이 넘치는 위문품을 전지에 보내어 황군 장병을 위로하기 위하여 '승률(勝栗)'39)이라는 위문포대를 일반으로부터 모집하였는데, 얼마 안 있어 5백 포대(헌납자 355명)나 모였다. 그것을 경기도 임업회를 통해 군부에 헌납하여 승리의 기쁨에 넘친 황군 장병의 신춘을 기원하였다.

39) 말린 밤을 절구에 찧어 껍질을 없앤 것. 출진이나 승리의 축하 또는 설 등의 경사스러운 날의 요리에 쓴다.

# 출정군인 가족위문회의 잉여금을 헌금

경기도 광주군 중대면에서는 12월 18일 송파(松坡)방호단이 주최하는 남경 함락을 축하하는 출정군인가족 위문극을 개최했는데, 관중유지의 기증금에서 제 비용을 공제하고 20원의 잉여금이 생기니, 이를 그대로 관할 주재소를 거쳐 황군위문금으로서 헌납하였다. 더욱이 위의 방호단장은 면장인 윤○○ 씨로, 지나사변 발발 이후 국방헌금과 위문금 등의 모집에 혹은 시국의 인식에 노력하여 면민 일동은 그 열성적인 행동에 감동하고 있다.

# 출정 병사의 부部

# 소집병사가 평소의 저축을 헌금[40]

전라남도 군산부 대화정 1
보충역 보병 나가야스 미노루(永易稔)

위 사람은 숙부 나가야스 신지(永易信次)의 집에 동거하며 식당일을 도와주고 있는데, 이번 지나사변 발발을 맞아 ○○연대에 소집이 되었다. 그리고 출발을 하게 되자 이번에 보충병 소집을 받은 것은 분에 넘치는 명예라며 군산부 사회과에 출두하여 평소 저축해 둔 금 45원을 국방헌금으로 수속신청을 하여 일반에게 다대한 감동을 주었다.

40) 원문에는 제목이 누락되었으나 역자가 임의로 붙임.

## 북지나(北支那) 출정 중인 경찰관의 헌금

충청북도 괴산경찰서근무
조선통독부 순사 도리고에 히사토(鳥越久人)

위 사람은 전술한 경찰서에 근무 중인 사람으로, 이번 사변과 동시에 용감하게도 북지나 출정 각지를 전전하던 바 소속경찰서장 앞으로, '전지에서 내 신분에 상응하는 급여를 받으면서 계속해서 경찰관으로서 봉급을 받는 것은 매우 황송하고 감격스러운 일입니다. 이에 동봉하는 얼마 안 되는 돈(30원)을 국방헌금으로 보내니 적절히 사용해 주시길 바랍니다'라고 근황을 덧붙여 헌금을 의뢰하는 편지를 보냈다.

위 헌금에 대해 즉시 조선방공기재헌납비로 수속을 밟았다. 본안은 시국에 비추어 보아 일반부민에게 다대한 감동을 주었을 것이다.

# 대의멸친(大義蔑親)[41]

경기도 용인군 수여면 금양장리 170번지
잡화상 보병 일등병 가와무라 마타사부로(河村又三郎)

위의 사람은 제남사변(濟南事變)[42]에도 출정하였는데 지난 ○월 ○일 마을로부터 부친이 위독하다는 전보를 받았다. 그러나 이번 사변에 동원되어 군적에 몸을 둔 자로서는 부친의 위독은 사적인 일에 속한 것이고, 언제 소집될지 가늠할 수 없다며 다른 사람에게는 이를 감추고 귀향하지 않고 응소자의 위문과 격려 등으로 분주하게 지냈다. 15일이 되어 부친의 사망 전보를 받았으나 시국 상황상 사적인 일로 귀향할 수 없다고 하여 오로지 자신의 소집명령을 기다리면서 가사의 정리에 임하였다. 한편 처자에게도 충분히 후사를 부탁하고 ○월 ○○일 대망(待望)하던 소집 영장을 접하고 기꺼이 응소하니 이러한 사실을 들어 알게 된 일반부민은 훌륭한 제국군인으로서의 행동을 상찬하였다.

41) 나라를 위해서 육친(肉親)도 저버린다는 의미.
42) 1928년 일본이 중국 장개석의 국민군을 견제하기 위해 군대를 보내 산동성 제남에서 벌인 전투.

# 출정 병사 선인을 감격시키다

충청남도 논산군 은률면 해창리 353
보병 일등병 니시오 고헤이(西尾公平)

위의 사람은 이번에 소집되어 ○월 ○○일 ○○연대에 입영하기 위해 ○월 ○○일 주거지로부터 입성하여 경성부 한강통 15번지 소재 삼남여관에 묵고 다음날 ○일 ○○부대로 입대하였는데, 입대에 앞서 비용을 절약하여 금 10원을 용산헌병분대를 통해 국방기계비의 일부로 헌금하니, 그의 언동은 다음과 같다.

나는 지난번 소집에서 제외되어 진정으로 유감을 금치 못하고 있다가 이번에 결국 소집되어 회환의 반을 풀었다. 지금의 비상시를 돌아보니 출발할 때에도 아주 소박하게 잡비를 절약하였고 더욱이 출발할 때 조선인 다수의 환송을 받아 이들이 시국에 대해 얼마나 군대를 신뢰하고 있는지를 알게 되어 나의 책무가 중대하는 것을 통감하였다. 이에 나는 감사의 마음으로 보답하고 또 내선융화를 위해 용산에 도착해서 곧 선인이 경영하는 삼포여관을 찾아서 투숙하였다. 도중에 절약한 비용과 내선여관의 숙박료의 차액을 합하니 10원이 되어 입영 후에는 필요하지 않다고 생각해서 약소하지만 국방헌금으로 수속에 임하였다.

앞의 내용에서 삼남여관에 묵었다고 하는데, 종래 응소군인은 내지인이 경영하는 여관에만 묵고 조선인이 경영하는 여관에 투숙했다는 사실은 들은 바가 없다. 출정군인이 자신의 집에 투숙하는 것은 일가의 명예라고 해서 입대할 때에 집에 묵게 하고 배웅까지 하였다고 하니, 이는 곧 내선융화와 군사사상 보급에 크나큰 효과를 미칠 수 있다고 생각한다.

# 기타의 부部

# 국민정신을 각성한 예수교도의 헌금

이번 사변을 맞아 반도인들 사이에 국민정신이 고취된 것은, 종래 아둔하다고 알려진 예수교도들이 각성을 한 것을 봐도 뚜렷하다. 이러한 사실은 미국 북장로파(北長老派) 삼북동(三北洞) 예수교회 목사 이하 신도의 헌금으로 나타났다. 즉 목사 윤○○ 이하 20명은 이번 달 초순 각자 임의 염출한 헌금 20원을 지참하고, 황군 출정은 예수 사도가 무장한 성군으로 이를 지지하는 것은 일본국민의 의무를 다하는 것일 뿐 아니라 교도로서 신의 뜻에 따라 충실한 사명을 다하는 것이라며 국방헌금을 신청했다. 이어서 같은 달 16일에는 동교회 부인부(婦人部)인 경산면 중방동 333 서○○(당년 24세) 이하 20명의 부인회로부터 금 15원의 헌금이 있었다.

## 기품 있는 유족에게 구원의 손길을

경상북도 경산군 경산면 삼북도 222 와시오 다카요시(鷲尾孝義) 군은 이번에 소집 명령을 받아, 집에 병약한 아내와 어린 딸 하나를 남기고 용약(勇躍) 보병 ○○부대에 입대했다. 동군은 정규적 일이 없이 작은 절의 주지로서 겨우 생계를 유지하고 있었기 때문에 출정 후 당장의 생활이 걱정되었다. 그러나 현지 재향군인 분회원(分會員)들은 재빨리 내지인 일반 및 반도인들 중 유지들을 찾아다니며 출정군인 위문금 380원을 모아 그것을 나누어 주었다. 또한 사원 대표 중 지역 유지 몇 명으로부터 매달 7원을 보내 동군 유족의 생활을 보증하게 되었는데, 이를 전해들은 면내 각 농촌진흥조합은 실행위원회를 개최하여 그 집 구제에 나섰고 21개 조합에서 염출한 금 60원을 매달 5원씩 1년 동안 보내기로 했다. 이로써 동군이 집안일을 걱정하지 않도록 격려하여 내선일여의 미를 발휘하고 있다.

# 사방공사로 국방헌금[43]

경상남도 산청군 단성면 성내리
단성면 청년 19명
위 대표 쓰쓰미 가즈오(堤一男)

위 사람들은 지나사변에 자극을 받아 지난 8월 17일 그 지역에서 시행하는 사방공사(砂防工事)에 전원 출역하여 그 소득금 9원 50전을 전부 국방헌금으로 해 달라고 신청했다. 이는 기특한 행위로 인정된다.

43) 원문에는 제목이 누락되었으나 역자가 임의로 붙임.

# 관공서 관리의 근로헌금

시국의 중대성을 자각한 우리 황군의 활약에 분기한 김천군 아포면 관공리 일동은 어떤 방법으로든 진충봉공의 적성을 여실히 드러내고자 일동 협의 하에 면 사방사업소에 교섭하여 전원 일치로 사방공사에 종사하여 번 돈 금 25원을 헌금했다.

# 땀 흘려 헌금을

아래 사방사업구 인부 등은 모두 일급 45전을 받으며 각 면내 사방공사에 종사중인 사람들인데, 북지나의 상황으로 인해 제국이 비상시에 처했음을 사방공사구 주임이 주재소원에게 듣고 매우 감격했다. 그리하여 이 기회에 약소하지만 황국을 위해 다수의 문맹무학의 농민들이 진정으로 땀의 결정을 모아 각 면에서 다음과 같이 헌금을 했다. 이는 실로 거국일치의 발로이다.

일금 8원 35전　개령면(開寧面) 남전(藍田) 사방사업구 인부 77명
일금 13원 60전　개령면 덕촌(德村) 사방사업구 인부 120명
일금 5원 20전　귀성면(龜城面) 사방사업구 인부
일금 12원 50전　남면(南面) 오봉동(梧鳳洞) 사방사업구 인부 일동 62명
일금 20원　금릉면(金陵面) 사방사업구 인부 일동 62명
일금 20원 25전　증산면(甑山面) 평촌리(坪村里) 사업구 인부 20명
일금 19원 40전　남면 송곡동(松谷洞) 사업구 인부
일금 30원 69전　어해면(禦海面) 사방공사인부 263명

## 담배 소매상의 헌금

충청북도 제천군 제천면 읍부리 236
이시도 덴사부로(石戶伝三郞)

담배소매인협회 제천지부에서는 지난 7월 29일 관내 소매인총회를 개회하여 매상이익금 중 얼마를 국방헌금으로 해야 한다는 대표자 이시도 덴사부로의 발의로 즉시 총원 찬성하여 108원 10전을 모아 당일 제천경찰서를 거쳐 국방헌금으로 냈다. 본 안은 주로 조선인들을 회원으로 하고 있는데, 시국에 대한 인식을 갖고 있어 즉시 헌금수속을 밟는 등 당국을 감격시키고 있다.

# 도로수리로 헌금[44]

전라북도 옥구군(沃溝郡) 미면(米面) 미용리(米龍里)
김○○ 외 64명

위 사람들은 면내 빈자일등(貧者一燈)[45]으로, 가난하여 헌금도 할 수 없는 이들 일동이 모여 도로 수리를 나가 금 15원을 벌어, 국방비로 10원, 황군위문금으로 5원을 각각 헌금하도록 수속을 밟아달라고 주재소에 출원했다. 종래 조선인들 사이의 친목회비로 충당하던 것을 솔선하여 헌금한 것은 주변 사람들에게 큰 감동을 주고 있다.

44) 원문에는 제목이 누락되었으나 역자가 임의로 붙임.
45) 가난뱅이의 등불 하나라는 뜻으로, 가난하면서도 정성을 다해 공양하는 태도를 말한다.

# 절약으로 국방헌금

충청북도 기산군 청안면 청룡리
신대진흥회장(新垈振興會長) 박ㅇㅇ 외 20명

위 사람의 주최 하에 부락 고용인 외 청년들은 고래로부터 휴양일(백중)에 반드시 음주유흥을 하는 것을 상례로 했는데, 올해는 시국상 이를 폐하고 그것을 절약하여 모은 돈 금 4원을 청안면장을 거쳐 국방헌금으로 헌납했다.

본 안은 진흥회장이 잘 지도하여 이루어낸 성과로 일동이 시국을 잘 인식하고 이렇게 헌금을 하기에 이른 것은 다른 사람들에게 큰 감동을 주고 있다.

# 지나인의 헌금

경기도 강화군 부내면 재주 지나인 왕상안(王尙顔)은 지난 8월 25일 금 5원을 국방헌금으로 지참하고 와서 다음과 같이 말했다.

"저희들은 당지에 온 지 이미 20년이나 되었습니다. 오늘날 아무 불안 없이 생업에 종사할 수 있게 된 것은 순전히 귀국(貴國) 덕분입니다. 이것은 정말 약소하지만 국방헌금의 일부로 사용해 주세요."

## 맹인들도 기원제 거행

경상북도 성주군 내 맹인만으로 조직된 영남 심안공제원은 8월 21일 성주신사 앞에 모여 북지나 및 상하이 출정군인의 무운장구 기원제를 거행하고 각 개인이 국방헌금을 하자고 논의가 되어 배○○ 군 외 15명이 11원 90전을 염출하였다.

# 우리도 국민의 일원이다

충청북도 청주읍
고용인(요리배달부) 김○○ 외 40명

읍내 요리점, 선어상, 과자상 등 각 상점 고용인인 위 사람들은 현하 시국에 크게 자극받아, 우리도 국민의 일원이다, 영세하지만 헌금을 해야 한다고 의논하였다. 그리하여 각자 10전 내지 50전을 내서 합계 금 15원 75전을 모아 9월 16일에 국방헌금을 하였다.

## 고아의 헌금

9월 6일 오전 11시 인천 천주교회 부속 고아원 고아 두 명이 동 교회의 구로카와(黑川) 수녀와 함께 인천부청을 찾아와 금 20원을 내며 다음과 같은 편지를 덧붙였다.

> 이 돈은 정말 약소하지만 저희들을 위해 먼 지나에서 싸우고 계시는 병사분들에게 드리세요. 힘이 된다면 비행기든 대포든 많이 사드리고 싶지만 도저히 불가능해서 매일 6회씩 78명이 함께 모여 하느님께 기도드리고 있습니다. 그리고 힘들고 괴로운 일이 있어도 병사분들을 위해 견디고 있으니 하느님이 반드시 우리를 대신하여 비행기나 대포를 많이 내려 주실 것이라 생각합니다. 우리들 생각으로는 병사분들만 불쌍하니 빨리 전쟁이 끝나기를 열심히 기도하고 있습니다. 부디 병사분들께 안부 전해주세요.

이 편지는 11살 되는 고아 이○○이 쓴 것으로 기특한 마음이 인정된다.

## 저축계원 일동의 헌금

8월 25일 정오 발송인 불명의 봉서가 경기도 연천군 적성면장 앞으로 배달되었다. 개봉을 하니 안에는 금 10원과 '조선군 북지파견부대위문금으로 헌납합니다'라는 메모가 들어 있었다. 조사결과 적성면 장좌리 저축계원 일동이 십 수 년 전부터 이어온 계에서, 매년 봄가을에 계원들이 곡물을 내서 이를 판매하여 저축한 돈으로 부락 공동사업을 해 왔는데, 이번 북지파견 조선군 병사들의 노고를 생각하여 위문금으로 헌납을 한 것이다. 산간벽지라도 이번 사변에 대한 인식도가 높아 이와 같이 감격스러운 행위가 속출하여 총후 수비를 더욱더 견고히 하고 있다.

## 터널공사 종업원의 국방헌금

충청북도 간양군 대강면 용부원리 죽령터널공사청부업자 니시마쓰조(西松組) 배속 하 하청인 후비역 육군포병 준위 사카이 히사키치(境久吉)에게 ○월 ○일 내지 사단으로부터 소집전보가 배달되었다. 그 전보의 공개는 전 공사장에 다대한 충격을 주어 공사장 일원은 군국 분위기로 가득하여 사카이의 출정을 환송하고자 하급인부에 이르기까지 모두 정을 피력했다. 조선사단으로부터 소집을 하지 않는다는 지시가 있어 본인은 소집을 중지당했지만, 전 공사장은 군국분위기로 가득 차 국방헌금을 하기로 논의하였다. 그리하여 전 종사원은 자발적으로 음력 추석 휴업일도 모두 쉬지 않고 일을 하기로 합의하고, 겨우 그날 벌어 그날 먹고 살 만큼 전혀 여유가 없는 인부에 이르기까지 어떤 이는 반일분, 어떤 이는 하루분의 임금을 십장(什長) 혹은 하청인의 수중에 속속 헌금하였다. 특히 떠돌이 인부들은, '처자가 있고 싼 임금으로 일하는 것이 뻔한 인부들도 70전 혹은 80전씩 염출하는데 우리 독신자들이 질 수는 없지'라며 1원 50전 내지 2원을 헌금하는 등 성의를 피력했다. 이에 더해 니시마쓰조 사무원 39명은 전원 292원 96전을 모아 대표자가 용부원(龍夫院) 경찰관파출소에 국방기자재비로 헌금했다.

# 외국선 선장의 위문금

영국령 뉴질랜드, 재 상하이 모러 기선(汽船)회사의 기선인 디아니 모러 호의 선장인 알누디는 홍콩과 상하이에 주재한 지 약 17년이 되어 동양과 일본의 입장을 잘 이해하고 있는데, 이번 지나사변으로 인한 황군의 활약에 감격하여 지난 11월 14일 진남포 선박 취급점의 고지마 도요조(小島豊藏) 씨를 거쳐 부상병 위문금으로서 금 5원을 헌납하였다.

## 세무서 직원의 총후 적성

개성세무서에서는 매번 직원을 파견하여 출정군인 가족의 위문에 힘써 왔는데, 지난 11월 11일 정신작흥주간의 행사를 아주 뜻 깊게 하고자 우에노(上野) 서장 이하 35명의 직원은 주조(酒造) 조합원 3명과 함께 금 24원 64전을 갹출하여 세무서 관내에서 응소한 28명의 출정군인 가족에게 백설탕 3근을 증정하였다. 그러자 위문 받은 가족들은 오히려 모두 감격하여 출정군인 가족으로서 영예를 손상시키지 않도록 가사에 정진하겠다고 하였다. 지나사변 이후 관민 사이에서 이러한 종류의 총후 적성이 점차 왕성해지는 것은 황국을 위해 진정으로 그 뜻을 굳게 하는 것이다.

# 미국 선교사의 미담

충청남도 공주군 공주읍 주재 미국인 윌리엄 씨는 기독교 감리파의 선교사로서 현재 사립 영명실수학교(永明實修學校) 교장의 직책을 맡고 있다. 지나사변이 발생한 후에는 공주읍에서 거행된 각종 기원제, 시국강연회 및 간담회 등에 반드시 출석하여 당국의 뜻을 자주 학교 생도에게 전달할 뿐 아니라, 경찰서장에게 의뢰하여 학교 생도를 위해 시국강연을 부탁하고 더욱이 공주 신사 앞에서 기원제를 올리는 경우에는 스스로 학교의 대표가 되어 상당히 진지한 태도로 또 법식에 맞게 배례하였다. 일전에는 휼병자금으로서 금 25원을 송금하는 등 그 행동은 일반에게 깊은 감동을 주었다.

# 지나인도 황국에 감사

충청남도 천안군 입장면 하장리
지나인 복화모 외 6명

위의 지나인들은, 현재 이 땅에서 진정으로 평화롭게 생활할 수 있는 것은 첫째로 황국의 덕분이라고 감사와 보은의 의미를 담아 국방비로서 금 25원을 헌금하였다.

## 국수회(國粹会) 전남 본부의 위문품

대일본 국수회 전남 본부(목포부 소재)에서는 황군 위문품 증정을 목적으로 나니와부시(浪花節)46)의 사카이 구모(酒井雲)47) 일행을 초청하여 위문금 모집의 흥행을 일으켜서 모금한 돈 금 330원을 가지고 회원의 손으로 진정을 담은 위문품 500개를 만들어 천안(川岸)부대로 보냈다.

46) 메이지시대 초기에 시작된 연예의 일종으로 샤미센(三味線) 악기의 반주에 맞추어 이야기하거나 노래한다.

47) 사카이 구모(酒井雲, 1898.12～1973.11). 일본을 대표하는 엔카(演歌) 가수, 메이지좌(明治座)와 국기관에서 단독공연을 하고 전시 중에는 시국 관련 노래를, 전후 라디오와 TV방송이 시작되자 NHK 전속가수로 일약 스타가 되었다.

## 호객꾼과 짐꾼의 적성

충청남도 온양군 온천리 소재 여관의 호객꾼, 정거장의 짐꾼 등 16명은 지나사변이라는 중대 시국을 인식하고 거국일치하여 시국에 대처해야 할 시기라고 하여 약간의 금전을 갹출하여 국방헌금하였다.

# 일반 여자(내지인)의 부部

# 감격스러운 헌금

경기도 수원군 수원읍 본정 2정목 18
아사누마(淺沼) 이쿠(당년 74세)

위 여인은 남편과 사별한 후 지금으로부터 약 35년 전 단신으로 조선에 건너온 이래 다도, 꽃꽂이 강습을 하여 이름을 떨치며 오늘날에 이르렀다. 그런데 이번 북지사변이 발발하여 비상시국에 직면하자 분격스러운 마음에 결연히 일어서서 약소한 월사금 잔액을 저축한 저금통장에서 금 50원을 인출하여, '약소하여 아무 도움이 되지 못하겠지만' 하며 국방헌금을 했다. 이 헌금이야말로 진정한 피와 땀과 열정의 결정체이다.

그녀는 여장부이기는 하지만 세월은 어쩔 수 없어 지금은 허리가 굽고 기력이 떨어져 보행조차 여의치 않아 열 칸(間)[48] 가고는 허리를 펴고 쉬고 또 열 칸 가고는 쉬는 식으로 거동하는 형편이다. 생활의 양식을 얻는데 유일한 살림살이를 담은 낡은 양동이를 한 손에 들고 걷는 모습은 눈물 없이는 볼 수 없는 모습이다. 따라서 그녀를 동정하지 않는 사람은 아무도 없다.

사람들은 자신의 의지 여하에 따라서는 재력도 있고 체력도 있

48) 길이의 단위로 1칸은 1.818미터.

어 노력봉사 혹은 헌금을 함에 비교적 용이한 입장에 있으면서도 아직 하지 않는다. 그런데 그녀는 체력은 물론 재력도 여유가 없는 몸이지만 오로지 시국을 안타깝게 여겨 이렇게 나왔다. 이는 진정으로 황국을 생각하는 일념의 분출임에 다름 아니다. 전해 듣건대 일반시민들은 다대한 감동을 받고 있다고 한다.

# 총후의 꽃

평안남도 박천경찰서 관내 거주 후비역 보병군조 요시노 시치로(吉野質郎)라는 사람은 박천읍내 곡물검사소에서 기수(技手)로 봉직하고 있다가 7월 모일 소집되었다. 가정에는 맨 위로 10살부터 3남 1녀가 있다. 평소 엄격한 가정이었을 뿐 아니라 부인 역시 지조가 있어 남편의 출정을 격려하여 뒷일을 걱정하지 않도록 애썼고, 격려 위문 응대도 확실히 하여 평소 어떤 각오를 하고 있었는지 알 수 있어 일반의 칭송의 대상이 되었다. 특히 조선인은 이런 점에 주의하고 있었던 것 같은데, 서부동 거주 면협의회원 유○○이라는 자는 7월 ○○일 소집자들에게 인사하고 격려한 감상을 다음과 같이 이야기했다.

"출정자 요시노 씨의 태도와 결심이 훌륭한 것은 제국군인으로서 종래부터 그런 예가 있어 별 다른 느낌이 없다. 하지만 씨의 부인의 태도와 언동이 훌륭한 데에는 실로 감격스럽다고밖에 표현할 길이 없다. 야마토 나데시코(大和撫子)[49]의 참모습을 볼 수

49) 일본 여성의 아름다움을 패랭이꽃에 비유하여 일컫는 말.

있었다. 집으로 돌아가 바로 아내와 친족 여자들에게도 전하는 바이다."

이외에도 이와 같은 언동을 보이는 자가 많다.

## 부엌살림을 절약해서 헌금

진남포항 준설선(浚渫船) 강화(江華)선장의 부인인 다카기 시게코(高木茂子) 외 1명은 국민정신작흥주간에 임하여 비상시국에 부인이 할 수 있는 일로서 부엌살림의 절약을 발기하여 진남포 상영소의 구성원 21가족의 찬성을 얻었다. 이것으로 합계 금 21원을 모아 출정군인 가족의 위문금으로 헌금하였다. 비상시 진정으로 가정주부에게 어울리는 절약헌금으로서 일반 가정에게 감동을 주었다.

## 조추(女中)[50]가 간호부 지원

후루이 시게노(古井しげの, 20세)는 목포부 앵정 12번지의 현해루(玄海樓)에서 일하고 있는데, 신문과 라디오에서 시국의 중대함과 전지에서 적탄에 부상당한 장병을 돌아보니 총후의 원조만으로 만족할 수 없어 목포헌병분주소장(木浦憲兵分駐所長)을 찾아가 적성을 피력하고 적십자 간호부로 지원하여 제일선으로 파견시켜 줄 것을 탄원하여 일반 여성에게 감격을 주었다.

50) 남의 집에 고용되어 가사를 돕거나, 여관이나 요리점에서 손님을 위한 식사나 잡일을 돕는 여자.

# 국기의 매상대금을 전부 위문금으로

충청남도 천안군 읍내리 평산 잡화상점의 모친 도다 리우(戸田リウ, 80세)는 직접 국기를 만들어 판매하고, 그 대금인 23원 1전은 내 것이 아니라고 해서 황군위문금으로 갹출했다. 더 나아가 앞으로도 국기의 매상 대금은 전액 갹출할 것이라고 말하였다.

# 외로운 부인이 부조금을 헌금

충청남도 천안군 갈전면 병천리 아키야마 리쓰(秋山りつ, 57세)는 1931년 남편이 먼저 세상을 떠나고 외로운 생활을 하고 있다가 이번 지나사변에 임하여 여자 몸으로 봉공하기가 아무래도 쉽지 않자, 8월 14일 유족 부조금으로 지급받은 돈에 어느 정도의 돈을 보태어 금 50원을 방공비로 헌납하였다.

## 화류계로부터의 미거

충청남도 아산군 온양 온천리 다구치 야에코(田口八重子)는 그곳의 요정(料亭)인 개화(開花)에 몸종으로 고용되어 있는 여자인데, 주인과 그 외의 손님으로부터 받은 용돈을 저금한 것 중에서 금 15원을 쪼개어 국방헌금으로 헌납하였다.

## 자기 장례비로 저축해 온 저금을 국방헌금

충청남도 논산군 강경읍 북정의 이노우에 하쓰(井上ハツ, 산파)는 시국을 깊이 인식하고 황군의 성전에 깊이 감격하여 본인의 장의비로 저축해 온 저금, 금 백 원을 국방헌금하였다.

## 행상으로 위문자금을 조달

경기도 이천군 장호원 거주 고에즈카 쓰루마쓰(肥塚鶴松) 씨의 부인은 1937년 9월 출정군인 유가족에게 위문자금을 조달하기 위하여 방방곡곡 순회하며 행상하면서 총후 국민 특히 부인의 마음가짐에 대해서 연설하였다. 그리고 그로 인해 얻은 순익 8원 90전을 제국군인후원회에 기부하여 일반 부인에게 크나큰 감동을 주었다.

# 상설관 주인의 기독(奇篤)행위

신의주 상반정 6정목 35번지
세계관주 나카노 기미코(中野君子)

위의 사람은 지성봉공(至誠奉公)의 정신이 왕성하여 여러 차례 군사 후원에 기여하다가, 지난번 만주사변이 발발한 이래로 본인이 경영하는 상설관을 황군위문을 위해 늘 무료로 공개하였고, 1931년 이래 오늘날까지 8년에 걸쳐 수비대 장병의 노고를 치하하였다. 또한 오늘날까지 계속해서 매 휴일에 군인들에게 무료 관람하게 하여 지난 1935년 봄에는 제2사단장 우메자키(梅崎) 각하로부터 상찬을 받았다. 이번 지나사변이 발발하자 다른 사람들보다 먼저 황군의 후원, 위문에 헌신적으로 노력하여 신의주에서 수비대 장병을 대상으로 영화의 저녁을 개최하고 항상 가장 좋은 좌석을 군인석으로 지정하는 등 최선을 다하여 황군 위문에 전념하고 있으니 그 행위는 실로 장병을 위안함에 있어 공적이 아주 현저하다 하겠다.

# 나카이(仲居)[51]의 헌금

경기도 수원군 수원읍 신풍정에 있는 후지정(富士亭)의 나카이, 후지노 나오코(藤野なお子)는 이번 지나사변이 발발한 이래로 파견부대가 통과할 때 매 열차마다 게이샤(藝者)들을 인솔하고 가서 정성껏 파견장병에게 차를 접대하는 등의 일로 일반인으로부터 상찬을 받았다. 게다가 이번에는 금 10원을 국방비의 일부로 해달라고 하며 헌금을 헌납하였다.

51) 여관이나 요릿집에서 손님을 접대하는 일을 하는 여자.

## 부인의 적성

경기도 용인군 용인면 약종상(藥種商)인 아오키 시게(青木しげ) 씨는 사변 이래 총후부인으로서 자신의 임무를 다해야 한다고 해서 국방부인회 회원으로 활약하였다. 이번에는 국방떡을 만들어 판매하여 번 이익금 금 6원 65전을 헌금하였다.

황해도 은률군 북부면 금산리 131번지
간수 도쿠나가 기요하레(徳永清晴)의 처 도쿠나가 모토메(徳永もとめ)

위의 사람은, 1937년 ○월 ○일 금산포 형무지소의 간수인 쇼지 이치(小路一)가 소집령을 받아 응소하고, 그의 처 가쓰에는 임신 중이라 병상에서 신음하고 있어, 철없는 아들 도시유키(敏行, 당시 4세)를 돌볼 사람이 없는 경우에 처한 것을 충심으로 동정하였다. 이에 약 20일간 가쓰에의 병이 완쾌될 때까지 그의 집에 출입하며 환자를 간호하고 아이를 돌보며 식사를 챙기는 것은 물론 집 안팎의 청소에 이르기까지 피붙이도 할 수 없는 도움을 주었다.

# 수형자의 헌금

평양형무소 금산포지소
수형자 오○○

위의 수감자 등은 지나사변이 발발한 후 지소장인 사키모토 쓰네스케(先本恒輔)와 촉탁 교회사(教誨師)[52]인 나고야 요시노리(名護屋義教)의 열성적인 시국강화를 듣고, 황군의 충성과 총후 국민의 단결과 후원에 감격하여 각각 자발적으로 갹출하여 금 9원 62전을 모아 방공기계비로서 헌금하였다.

52) 교화사(教化師)의 옛이름.

# 일반 여자(조선인)의 부部

## 산촌에도 적성이 있다

경기도 가평군 북면 화병리 홍적동(紅磧洞)이라고 하면 첩첩 산으로 둘러싸여 인가가 드문 빈촌이다. 그런데 지난 8월 25일 면직원이 동리 부인들을 모아 놓고 시국에 관한 강화(講話)를 실시하였다. 신문은커녕 소문(뉴스)도 미치지 않는 부락이기 때문에 그 이야기를 경청한 여자들은 상당히 이해하기 힘들었지만 겨우 사태의 중대성을 알게 된 그녀들은 앞다투어 1전, 2전 헌금을 냈다. 그런데 동리의 채○○의 아내 김 씨(46세)는 북지나에서 일하는 병사들을 위해 써 달라며 자신의 처지에 과도한 50전이라는 거금을 냈다. 함께 있던 지인들을 비롯하여 면직원들도 그녀의 살림살이를 봐서 그 50전이 얼마나 피 같은 돈인 줄 알고 있기 때문에 만류했지만 그녀는 단호하여 말을 듣지 않았다.

# 빈자일등, 당국을 감격시키다

충청북도 괴산군 청안면 효근리
임○○의 처 정○○(36세)

지난 9월 4일 이 지역 면장은 명령을 받고 군마(軍馬)를 위한 병량 짚을 사 모으기 위해 마을로 출장을 나갔다. 극빈한 생활을 하고 있는 위의 임 ○○ 씨 집에 도착했으나 남편이 부재중이라 그의 처인 정○○ 씨가 대신 응대하였다. 그녀에게 짚을 주문하고자 하는 뜻을 전달하니 부인 정○○ 씨는 곧 창고에 보관되어 있는 약 15관 정도의 짚을 내주었다. 이에 면장은 대금을 지불하겠다고 하였으나, 정씨는 다음과 같이 말하며 결국 대금의 수령을 거절하고 무상으로 짚을 제공하였다.

저희는 가난하여 일상에서 국가를 위해 재물을 보탤 수는 없지만 아주 적은 양의 짚이 황국을 위해 전지(戰地)에서 애쓰는 말의 먹이로 사용된다니 더할 나위 없이 기쁩니다. 대금은 필요하지 않습니다. 부디 전쟁에 이겨 주십사 하는 일념뿐입니다.

라고 열성적인 표정으로 말하였다.

# 부인회장의 애국열

충청북도 단양군 어상천면 임현리
임현리회동 부인회장 박○○(32세)

위의 사람은 지나사변이 발발한 이래로 개인으로서 회원을 격려하고, 절미(節米)를 장려하여 그 대금을 출정 장병의 위문금으로 보내는 등, 시종 황군 위문에 종사하였다. 지난 9월 20일 어상천공립보통학교 운동회 당일에 회원들과 모의하여 황군을 위한 위문포대를 만들고 일반 참관자에게 응분의 위문금 갹출을 요구한 결과, 금 5원 5전을 황군 위문금으로 차출하였다. 동 부인회가 계속해서 해온 자발적인 활동은 이 지역 부인들에게 크나큰 감동을 주어 부근에 있는 각종 부인 단체의 활동을 활발하게 하고 있다.

## 부인회원의 적성

충청북도 단양군 대강면장 임리
애국부인회

위의 부인회장 김○○은 폭염 속에서 북지나에서 활약하고 있는 황군을 위한 위문방법에 대해 고심하던 중, 현재 면에서 진행하고 있는 중앙철도 공사에서 자갈의 채취가 필요하다는 것을 깨닫게 되었다. 이에 회원들과 모의하여 가사의 여가를 이용하여 자갈을 채취하여 번 임금을 위문금으로 해야겠다고 하며, 하루에 회원 40명이 죽령천(竹嶺川) 연안에서 자갈을 채취하여 공사 청부업자인 니시마쓰쿠미(西松組)에 금 2원에 매각하였다. 이를 그대로 위문금으로서 송금하고자 관할 주재소에 신청하였다. 이러한 행동은 금액은 적지만 그 성의와 발상은 지방민에게 큰 감동을 주었다.

# 시국에 병구(病軀)를 잊고 활동

충청북도 단양군 대강면 구평리 괴평리
황○○(57세)

위 사람은 대강면장(大崗面長)의 부인인데, 시국 강연에는 한 번도 결석한 적이 없이 열심히 경청하고 돌아가서 이웃 부인에게 이를 계속해서 주지시켰다. 이번에는 센닌바리의 제작과 송부를 기획하고 병든 몸으로 부근 마을을 돌아다니며 부인들의 시국 인식에 힘써 센닌바리 2장을 완성하여 송부하였다.

이러한 행동은 보통 건강한 사람과는 분명 다르다. 보통이라면 병상에 누운 채 특별한 활동을 할 수 없는 병약한 몸이지만, 당면한 시국의 중대함과 황군의 활동에 자신의 아픈 몸도 잊고 한 행동인 것이다. 게다가 단순히 센닌바리를 만드는데 머무르지 않고 시국인식과 부인의 자각 선전에 크게 힘쓰니, 이로써 지방민에게 크나큰 감동을 주었다.

# 노부인의 적성

충청북도 단양군 매포면 매포리
이○○(72세)

위 사람은 젊어서 남편과 사별하고 이후 독신으로 숙박업을 하고 있었다. 적은 수입으로 두 아이를 양육하여 성인으로 만들었을 뿐 아니라, 생활은 절약에 절약을 더해 온 결과 현재는 상당한 자산을 갖게 되었다. 최근에는 시국을 인식하고 지나에서 악전고투하는 우리 황군에게 깊이 감동하여, 9월 4일 노구를 이끌고 매포주재소에 출두하여 금 5원을 내밀며 '황군위문금으로서 송부'를 신청하여 지방민에게 적지 않은 감동을 주었다.

# 부인회원의 적성

충청북도 단양군 어상천면 임현리 431
정○○(33세)

위의 사람은 임현리 창동 부인회의 회원으로 출정 장병의 노고에 깊이 감격하고, 부인회의 황군위문에 임하여서는 솔선하여 회원을 지도하는 등 총후의 적성에 최선을 다하였다. 더욱이 이번 9월 19일과 20일 양일간 추석을 이용하여 몰래 미리 익힌 재봉틀로 바느질을 해서 번 1원 50전을 헌금하였다.

# 빈자일등

충청북도 단양군 영춘면 상리
안○○(70세)

위의 사람은 아홉 명의 대가족을 부양하며 내일의 생활조차 곤란한 극빈자이지만, 여자이면서도 관공서의 시국강연이나 혹은 이웃사람들의 입에 오르내리는 지나사변의 소문을 통하여 황군의 노고와 고생에 깊이 감격하여 어떠한 방법으로든 일본국민으로서 적성을 다해야겠다고 생각하였다. 그날의 생활조차 여의치 않은 형편으로 어찌할 수 없어, 구봉(旧盆)[53] 제례의 비용을 극단적으로 절약하여 얻은 금 1원을 기쁜 마음으로 용기를 내어 관할 주재소에 국방헌금으로 냈다.

---

53) 오봉(お盆)은 일본 조상신을 모시는 일련의 행사를 가리키는데 전통적으로 음력 7월 15일 중원절(中元節)에 맞추어 이날을 지켰다. 1873년 1월 1일 이후 양력을 사용하면서 현재 양력 8월 15일을 오봉으로 지키고 있다. 그 이전의 음력 오봉을 규봉이라 한다.

# 화류계의 미거

충청남도 아산군 온양온천 요릿집 태서관(太西館)의 ○○은 기생이지만 북지사변으로 출병하는 병사의 장도와 이들을 위한 환송, 특히 국방부인회의 총후 활약상에 감격하여 총후부인의 책임을 자각, 인식하여 금 10원을 국방헌금으로 보냈다.

# 기생의 센닌바리

충청남도 서천군 내 길산루(吉山樓)의 기생인 정○○과 김○○은 센닌바리를 생각해내고, 읍내의 거리로 나가서 각 호를 방문하여 출정 장병을 위해 한 땀 한 땀을 부탁하며 다니니, 그 지극정성은 일반인을 감동시켰다.

# 시집가는 처자의 순정

경기도 이천군 대월면 단월리 이○○ 씨의 차녀 이○○ 양은 자신의 결혼식 거행에 임하여 지나에 있는 황군의 혹한(酷寒)과 노고를 생각하고, 이 기회에 결혼비용을 절약하여 헌금하자고 남편에게 부탁하여 금 30원을 국방헌금으로서 헌납하였다.

## 병사들의 어머니

경기도 개성부 고려정 935의 김○○(44세) 여사는 1932년 4월 이후 개성부 가내공업지도원으로서 현재 개성부청에 봉직 중이다. 이번 여름 지나사변이 발발하여 북지나로 파견되는 육상의 정예부대가 정도(征途)에 오르자 수송열차가 통과할 때마다 주야 상관없이 시종일관, 청우(晴雨) 관계없이 혹서를 괘념치 않고, 통과부대 장병에게 위로와 봉사를 바쳤다. 이러한 진정(眞情) 일반인은 도저히 흉내낼 수 없는 일이라 만인이 일제히 이를 찬탄함과 동시에 지성(至誠)의 힘이 얼마나 위대한지를 여실하게 보여주는 것으로서 보는 사람에게 영원히 잊을 수 없는 감명을 주었다. 즉 수송열차는 24시간 거의 중단 없이 역을 통과하는데, 이른 아침 오전 1,2시 경부터 밤 12시까지, 혹은 3경에 달이 없고 별이 드문 때, 혹은 환송영을 하는 사람들도 다 사라지고 특히 부인과 같은 사람은 한 사람도 모습이 보이지 않게 되었을 때에도 희미한 전등불 아래에서 홀로 수송열차가 도착하는 것을 기다리는 김 여사의 모습은 언제나 목격되지 않을 때가 없었다. 게다가 정차장에서 자택까지 약 4킬로미터나 되는 먼 거리임에도 불구하고 시종 이를 계속하니, 그 숭고한 순정은 사람들의 가슴에 강한 감동을 주었다. 또 장병을 대할 때는 마치 자모(慈母)가 자신의 아이를 맞이하는 것 같이, 사랑하는 자신의 아이를 멀리 보내는 것 같이, 진정으로 자신을 잊고 타인의 눈을 잊고 이 일에 힘썼다. 또한 셔츠류의 세탁과 세면, 혹은 차의 접대와 도시락의 배급, 또 물건을 사오는 심부름까지 하였는데, 열심히 동분서주하는 동안 잘못해서 넘어져서 얼굴에 부상을 입은 경우도 있었으나 괘념치 않고 얼굴에 붕대를 감고서도 활동을 계속하였다. 사람들이 좀 쉬라고 권하면 '병사들을 생각하면 아무래도 가만히 있을 수 없다', '어느 병사나 모두 나의 자식과 같은 느낌이 든다'고 하며 조금도 쉬지 않고 철두철미 봉사에 성심을 바치니, 이는 배운다고 해서 될 일이 아니다, 그야말로 지성이면 감천이다, 인정의 진실이 그렇게 만든 것이다, 라고 사람들이 모두 감탄하였다. 뿐만 아니라 독지가를 직접 방문하여 타올, 비누, 손수건, 국기 등을 기증받아, 이를 통과하는 부대의 장병들에게 보내며 진심으로 격려와 위안의 인사를 보냈다.

그러는 동안 우연히 그곳에서 숙영(宿營)하던 사가와(佐川) 부대장이 부의 내무과장을 통해 편지를 보내어 그녀를 불러서 '군대의 어머니'라는 말로 격려와 감사의 인사를 하였으니, 이에 비추어 봐도 여사가 장병에게 주는 감격과 감명은 보통이 아니라는 것을 알 수 있다. 게다가 10월 중순 가내공업소로 군인화가 대량 주문되었는데, '병사의 군화이니 최선을 다해 훌륭하게 만들도록 하라'고 여공들을 독려하고 스스로 솔선하여 작업에 참가하여 보통 이른 아침 6시부터 밤 12시까지 어떤 때는 새벽까지 공장에 남아서 작업을 계속해서 예정된 기일까지 무사히 완납(完納)하였다. 지금도 부대가 통과하거나 혹은 부상병이나 유골 등이 통과할 때는 시간에 상관없이 날씨에 상관없이 역전에서 반드시 '병사들의 어머니' 김 여사의 성스러운 모습을 볼 수 있다. 아울러 김 여사의 가정은 개성공립상업학교 제3학년에 재학 중인 독자와 두 사람뿐인 쓸쓸한 가정이다.

# 매일 5전 저금하여 헌금

경상남도 양산군 원동면 내포리 972
음식점 영업 최○○

위 사람은 양산 관할 원동(院洞) 주재소에 우편함 모양의 도기로 만든 저금통을 지참하고 가서, '나는 사변 이후 황군의 노고와 총후의 미담 등을 시국 좌담회에서 듣고 안일하게 있을 수 없어 조금이나마 총후 국민의 의무를 다하겠다는 심산으로 이 저금통을 구매하여 매일 5전씩 없는 셈치고 저금하여 오늘 이렇게 가지고 왔습니다. 얼마나 들어 있는지 모르겠습니다만 이것을 국방헌금으로 나라를 위해 사용해 주십시오'라고 제출하였다. 이로써 본인의 면전에서 열어보니 합계 4원 30전이 들어 있어서 이를 국방헌금으로 수속을 밟았다. 벽지에 있는 조선부인이 적빈여세(赤貧如洗)의 상황 속에서 이렇게 귀한 헌금을 하여 총후의 일반 부락민에게 감동을 주었다.

# 빈자 헌금 또 헌금

경기도 진위군 팽성면 함정리
정○○

위 사람은 위 곳에서 영세한 규모로 조선술을 판매하여 하루 수입 불과 30전 내외의 수익으로 장남 ○○(당시 14세) 이하 4명의 자녀를 양육하는 과부이다. 그녀는 지나사변이 발발한 이후 밤낮으로 황군의 무운장구와 황국의 융성을 기도하는 한편 생활비를 절약하여 지난 8월 27일 금 3원을 휼병금으로 헌납하여 조선군애국부로부터 감사장을 증정받았는데, 이를 적빈자의 영예라고 하여 보존하였다. 또한 작년 12월 17일 관할 팽성경찰관 주재소를 방문하여 1전의 동화(銅貨)만으로 된 1원 50전을 내밀며, '이전에 아주 적은 국방헌금을 바쳤음에도 불구하고 훌륭한 감사장을 받았습니다. 저는 글을 읽지 못하기 때문에 구장님께서 읽어주셨는데, 국방헌금이라는 것이 비행기나 고사포로 바뀔 수 있다는 것을 듣고서 이 적은 돈이 이렇게 된다는 것을 처음으로 알았습니다. 그 후에도 전황(戰況)에 대해서는 장남이 학교에서 돌아와서 이야기해 주는데 황군이 연전연승하고 있다는 이야기뿐이라서 이를 들을 때마다 마음속으로 만세를 부르고 있습니다. 또 이번 12월 12일에는 남경 함락을 축하한다고 하여 장남이 학교에 국기를 가지고 갔다가 오후에 귀가해서 말하기를, 출정 장병 중에는 전사한 사람, 부상당한 사람, 혹은 먹지도 못하고 전쟁하는 사람도 있다고 하여 감격하였습니다. 이처럼 우리들을 위해 황군이 심로(心勞)를 다하시니 총후의 국민으로서 감사드릴 수밖에 없습니다. 아시는 바대로 저는 적빈하여 거액의 헌금을 할 수 없는 실로 부끄러운 상황입니다만, 저의 일념을 추찰하시어 이를 조선에서 출병하는 장병들에게 위문금으로 보내주십시오'라고 하였다. 이러한 행위는 조선부인의 순수한 마음의 발로로 내지에서는 군국부인이라고 부르는데, 이 역시 군국부인다운 행동으로 헌납금액은 아주 적지만 빈자의 작은 등이 부자의 만등보다 낫다는 총후의 미담으로서 특필해야 할 것이라 사료된다.

# 소집 가족의 부部

## 위문금을 충남 애국기 자금으로 헌금

이번 지나사변에 소집된 육군 보병 오장[54] 다카모리 가미타카(高森神孝) 씨(충청남도 연기군청 재근 산업기수)는 용감하게 출정하여 전선에서 활약하다가 명예의 부상을 입고 목하 전지에서 요양 중이다. 그리고 공주 출정군인후원회에서는 소집 가족 위문 시 위 다카모리 씨의 부친 공주농업창장(公州農業倉長) 다카모리 유조(唯三) 씨에게 위로금 15원을 주었다. 그런데 동 씨는 읍민의 후의에 감사를 표한 후, 위로금을 현재 충청남도에서 계획 중인 충남애국기헌납금으로 내고 싶다는 뜻을 공주읍에 전하여, 본인의 희망대로 하게 했다. 이는 진정 타오르는 애국심의 발로이며 이 미거(美擧)는 일반을 감격하게 했다.

54) 옛날 일본 육군 계급의 하나로 하사(下士)에 해당함.

# 단체 남자의 부部

# 소작인의 헌금

충청남도 제천군 제천면 읍부리
동양척식주식회사 대전지점소작인 권○○

위 사람은 올 가을 소작료를 납입할 시기에 동양척식주식회사의 직원으로부터 이번 지나사변에 대한 총후국민 특히 조선인으로서의 각오와 의무에 관한 설명을 듣고, 소작인은 어디까지나 총후의 수비를 견고히 해야 한다고 하여 각자 소작료의 납입에 임하여 수 근씩을 가져와서 모으니 계 673근에 달하였다. 매각금이 45원 76전에 달하여 11월 23일의 신상제(新嘗祭)[55]의 가절(佳節)을 기념해서 제천경찰서를 거쳐 국방기재비로서 헌납하였다. 소작인의 이러한 행동은 일반에게 크나큰 감동을 주었다.

55) 11월 23일에 천황이 햇곡식을 천지(天地)의 신에게 바치고 친히 이것을 먹기도 하는 궁중 제사. 현재는 근로감사의 날로 지키고 있다.

# 관공서 직원의 노력봉사

경기도 광주군청 경찰소 경안면(京安面) 사무소 직원 약 70명은 11월 8일 국민정신작흥주간 이틀째인 근로존중노력분투일에 이 날을 한층 의미 있게 하기 위하여 경안교 가설공사장에서 오전 10시부터 약 2시간 공사용 자갈채취에 종사하여 금 11원을 벌어 조선방공기재비로서 헌납수속을 밟았다.

*

경기도 안성군 보개면 동신리 송동 청년단은 생업보국을 목적으로 단원 일동이 총동원되어 벼베기를 해서 번 금 11원 28전 전부를 동면사무소를 경유하여 헌금하였다.

# 광부 합의하여 일당을 전부 국방헌금

평안북도 강남면 덕림동 소재 정안금광(鄭安金鑛) 광부, 최○○ 이하 11명은 이번 지나사변 때에 제일선에서 황군이 고생하는 상황을 듣고 감격하여 자신들도 나라를 위해 온 힘을 다하여야 한다고 하며 위 광부 전원(11명)이 하루 임금 60전 내지 1원을 국방헌금으로 갹출하여 9월 20일 태천경찰서에 헌납하였다.

# 군청 직원의 미거

경기도 김포군에서는 지난해 11월 5일부터 10일간 자치 강습회를 열었는데, 강사인 군속 및 사업기수 13명은 강사 사례금으로 금 17원 10전을 받았다. 이들은 각자 자신의 담당업무에 대한 강의를 한 것으로 사례를 받을 만한 일이 아니라고 하며 이를 국방헌금으로 헌납하였다.

## 사토(佐藤) 농장 소작인의 아름다운 총후 열정

경성부 궁정정 77의 사토 농장의 소작인 304명은 작년 가을 자신들이 수확한 벼 10근씩을 각 가정에서 갹출하여 군대를 위해 헌납하자고 합의하였다.

황후폐하로부터 하사받은 감사한 고우타(御歌)56)를 배알하고 황송하여 감격에 넘쳐 뜻을 모아 지주도 관리자도 모두 갹출하여, 경기도 소재 농장 소작인 대표와 함께 제20사단 휼병부를 방문하여 금 855원을 전사자 유가족을 위해 사용하길 바란다고 헌납하였다. 게다가 전라남도 소재 농장(인원 76명)에서 금 145원을 도내의 보성군청을 거쳐 헌납하니 사토 농장 소작인의 헌금액은 합계 천 원에 달하였다.

56) 천황이나 그 일가가 지은 단가.

## 수은급자(受恩給者)의 국방헌금

경기도 수원군 수원읍 남창정 우메하라 시즈오(梅原靜雄, 현 읍장) 외 70명은, 지난번 제국정부가 지나에 대한 중대 성명을 발표하여 장개석 정권을 철저하게 응징하겠다는 제2단계에 이르자, 시국의 앞날이 점차 요원하여 국민이 중대국책에 순응하고 거국이 일치하여 성업(聖業)의 달성에 매진할 필요를 통감하였다. 일찍이 군인 혹은 관리로서 실제 은급을 받아 은전(恩典)을 입은 수원 읍내 거주자 등이 서로 상의하여 이 비상시국에 임하여 총후의 적성을 이룩하기 위해 각자가 받은 은급의 일부를 쪼개어 1월 22일 7백 18원을 국방비로서 헌금하였다.

# 출역(出役) 임금의 일부를 헌금

경상남도 양산군 교방사무소 아래 북면 사업구 인부
한○○ 외 218명

양산군 사방사업소 관할 북면 사업구 인부인 한○○ 외 218명은 시국에 발분(發憤)하여 9월 23일 생업보고식 당일 이후 9월 말일까지의 출역 임금의 일부를 나누어 국방헌금하겠다고 합의하고, 9월 말까지 합계 금 41원 51전을 모아 이를 국방헌금하였다.

# 군마의 양식으로

경상남도 물금면 회산리
동리 주민일동

위 동리 주민 일동은 지난 9월 23일 생업보국일 당일 모두가 논 속의 피를 뽑고 풀을 베어 약 30관을 물금역으로 운반하여 우송 중인 군마에게 공급하였다.

# 노동자의 헌금

조선미곡창고주식회사 군산지점 소속 대흥(大興) 노동자 170명은 지나사변 이후 시국을 통감하고 매일 임금에서 헌금하고자 적립한 금 17원과 동 조합 계장 12명이 갹출한 금 13원을 합하여, 11월 16일 군산서에 가지고 가서 국방헌금하였다.

## 급사(急使)의 독행 (전라남도)

이번 지나사변에서 지난 ○월 ○○일 영장(令狀) 교부를 위해 동원된 마에카와 도요지로(前川豊次郎) 외 38명은 급사 수당으로 나온 금 50원을 시국상황상 받는 것은 바람직하지 못하다고 하며 총후 후원의 목적으로 응소원 가족을 위문하기로 결정하였다. 마에카와 도요지로 씨는 일동의 깊은 뜻에 감동하여 여기에 사재 45원을 보태어 합계 백 원을 응소 가족 중에서 비교적 생계가 곤궁한 사람에게 분배하여 일반인을 감동시켰다.

## 낭비를 절약해서

경상북도 문경군 문경면(구 신북면 제외)에서는 지난 달 국민정신작흥주간 중 생활을 개선하고 낭비를 절약하여 국방헌금하기로 협의하여 742명이 42원 40전을 갹출하여 헌금하였다.

## 농민의 적심

경기도 광주군에서는 관내 2등 도로의 미화를 겸해서 비상시 농민 단체의 훈련을 하기 위해 도로애호주간을 실시하고, 그 기간 동안의 성과를 모아 성적이 우량한 부락에 대해 시상하였다. 12월 29일 초월면 신대리와 대쌍령 부락민에게 각각 수여된 상금 10원을 황군위문금으로서 송부하고자 신청하였기 때문에 군(郡) 당국에서 크게 감동하고 있다.

# 남경함락의 감격

경기도 광주군 중대면에서는 12월 12일 밤 남경함락 봉축제등행렬을 성대하게 거행하였다. 중대청년단 문정분단(文井分團) 단원 일동은 남경함락의 감격과 황군장병에 대한 감사의 마음에, 이 기분의 만분의 일이라도 표현하고자 공동경작 수입금 중에서 황군위문금으로서 금 3원을 헌금하였다.

# 상여금을 헌금

경기도 양평군 용문면
용천면 소방조 제1부

경기도 양평서는 연합점검을 실시하여 성적우량 상금으로서 금 10원을 받았는데, 점검관의 훈시에 자극받아 상금 전부를 휼병금으로서 헌금하였다.

# 단체 여자의 부部

## 절미헌금

경상남도 창녕군 유어면 보국부인회 3백여 명은 북지의 황야에서 용감하게 싸우는 황군의 노고에 감격하여 11월 초순 유어면 보국부인회를 조직하고, 정신작흥주간 중 절미, 저축을 함과 동시에 폐물을 수집, 매각하여 번 돈 30원 56전을 황군위문금으로서 당 휼병부에 헌납하였다.

# 총후부인단의 헌금

충청남도 제천군 제천면 청전리
신대(新垈)부인단 단장 강○○(외 36명)

본 단원은 현재 시국이 점점 긴박해지는 상황에서 황군 장병의 노고에 감사하여 단장 강○○ 외 36명이 합의하여 아침 시장에서 야채를 팔아 번 3전 혹은 4전을 갹출하여 계 4원 5전을 11월 20일 관할 제천경찰서를 거쳐 국방헌금하였다.

인원에 비해 금액은 아주 적지만, 이와 같은 부인단의 열의와 기독 행위는 일반인을 심히 감격하게 하였다.

# 감사장에 감격하여 다시 헌금

경상북도 상주군 외남면 구서리
옷감 행상녀 김○○

위 사람은 경부선 연도에 있는 각 역에서 황군 환송의 상황을 보고 깊이 감격하여 올해 8월 1일 영동군 매곡경찰관 주재소에 출두하여 여행비 금 1원을 헌금하였다. 이에 10월 25일 조선군 애국부장으로부터 감사장을 수여받고 크게 감동하여 다시 금 1원의 헌금의 신청하고 적성 그 자체의 마음을 품고 자리를 떠났다.

## 적성 국방부인단의 생업보국

충청남도 보은군 보은면
국방부인회 보은지부장 반도 가즈에(坂東一枝) 외 171명

위의 단체에서는 이번 사변 발발 이후 센닌바리, 위문금과 위문품 등을 송부하여 총후국민으로서의 적성을 피력해 왔는데, 10월 7일 전회원이 총출동하여 하루 동안 벼베기를 하고 이것으로 번 금액 26원 30전을 국방헌금하였다. 본 총후부인의 활동은 일반인에게 시국을 인식하게 함과 동시에 크나큰 감동을 주었다.

충청남도 단양군 영춘면 상리
상리 부인회장 노○○ 외 23명

위의 사람들은 북지나의 광야에서 전전(轉戰)하고 있는 우리 황군 병사의 노고를 생각하고, 우리들이 부인이지만 이를 안일하게 묵시할 수 없다, 이 나라를 위해 봉공을 하는 것은 이때다, 하며 동리의 부인회원을 규합하여 가정의 내외에 상관없이 생업보국으로 번 각종 적성의 결정인 21원 92전을 11월 13일 관할 영춘경찰관 주재소로 가지고 가서 조선방공기재비로 헌금하였다.

## 총후의 미담

경기도 시흥군 서이면 안양리 국방부인회 회원 53명은 지난 12월 12일 남경 함락 축하식에 참가했을 때 전승한 황군이 보여 준 용감한 희생과 노력을 추억하며 깊이 감격하여 현장에서 합의하여 각자 가지고 있는 돈을 내어 모으니 금 30원에 달하였다. 동 부인회장 마쓰모토 시즈에(松本しづえ) 외 10명의 대표자는 이번 달 16일에 이 돈으로 위문품 밀감 4상자와 큰 사과상자를 사가지고 직접 용산 육군 병원을 방문하여 백의의 용사를 위문하였다.

## 부인들의 미거

경기도 김포군 고촌면 신곡리 수기(壽基)진흥회 부인 일동은 현시국의 중대성을 깨닫고 진정한 애국심의 발로에서 총후국민의 임무수행을 표현하고자 각 가정에서 빠짐없이 쌀을 절약, 저축하여 그 매각대금 4원 50전을 고촌 면장을 거쳐 국방헌금으로 헌납하고자 신청하니, 군에서는 그 적성에 감격하여 곧 헌납 수속을 밟았다.

# 순면 조끼를 만들어 헌금

전라북도 김제국방부인회 부회장
모토타니 요시에(本谷能枝)외 39명

김제국방부인회에서는 10월 7일부터 회원 40명이 출역하여 위문품용 순면 조끼를 제작하고 꼬리표를 다는 작업 등을 맡아 공동 작업하여 번 수익금 1백 원을, 오늘 금 50원씩 국방헌금과 휼병금으로서 헌금 수속을 완료하였다.

## 화장을 그만두고 헌금

경기도 이천군 신장면 수하리 부인야학회 회원은 황군의 노고를 생각하여 화장을 하지 말기로 결정하고 절약한 금 1원 3전을 국방헌금으로 갹출하였다.

# 출정군인 유족의 부部

# 전사자 유족의 유품인 권총 헌납

경기도 수원읍 매산정 1정목 가지하라 후사(梶原ふさ)는 이번 사변에서 전사한 고 육군보병 소위 가지하라 유조(梶原祐造) 씨의 처인데 남편이 평소 애용하다가 전사할 때 남편과 함께 전공을 세운 '모제루' 권총(가격 50원 정도)과 실탄 40발을 죽은 남편을 대신해서 전공을 세워 달라고 헌납하였다.

더욱이 본인은 부군이 전사함에 따라 수원군 군사후원연맹으로부터 조의금 50원을 받았지만 탈상에 임하여 이를 군청에 가지고 가서, '남편은 국가를 위해 일신을 바쳤으나 나는 그 덕분으로 결코 먹는 것에 궁하지 않고 고맙게도 생활을 할 수 있기 때문에 이 돈은 부디 다른 쪽에 써 주십시오'라고 청원하였다. 이에 수원 군수는 '결코 그렇게 사양할 필요 없습니다. 당신에게는 아직 어린아이도 있으니 장래 마음을 다잡고 아이를 훌륭하게 양육해 주십시오'라고 하며 돌려보냈으나, 돌아가는 길에 수원소학교에 들러 금 20원을 설비비로서 기부하였다.